湖畔亭旅馆谜案

〔日〕江户川乱步·著
王志芳·译

中国妇女出版社

图书在版编目（CIP）数据

湖畔亭旅馆谜案 /（日）江户川乱步著；王志芳译
. -- 北京：中国妇女出版社，2020.1（2024.3重印）
ISBN 978-7-5127-1658-2

Ⅰ.①湖… Ⅱ.①江…②王… Ⅲ.①侦探小说－小说集－日本－现代 Ⅳ.①I313.45

中国版本图书馆CIP数据核字（2018）第242102号

湖畔亭旅馆谜案

作　　者：〔日〕江户川乱步 著　王志芳 译
责任编辑：王海峰
封面设计：尚世视觉
责任印制：李志国
出版发行：中国妇女出版社
地　　址：北京市东城区史家胡同甲24号　　邮政编码：100010
电　　话：（010）65133160（发行部）　65133161（邮购）
网　　址：www.womenbooks.cn
法律顾问：北京市道可特律师事务所
经　　销：各地新华书店
印　　刷：天津旭丰源印刷有限公司
开　　本：150×215　1/16
印　　张：18.75
字　　数：260千字
版　　次：2020年1月第1版
印　　次：2024年3月第2次
书　　号：ISBN 978-7-5127-1658-2
定　　价：69.80元

编者的话

提到享誉世界的日本推理小说，江户川乱步是一个不得不提的名字。江户川乱步被誉为日本“侦探推理小说之父”，在日本推理小说界的地位至今无人能及。甚至有人说，没有江户川乱步，就没有日本推理文学。以其名字命名的“江户川乱步奖”是日本乃至全世界最有名的推理文学奖项之一。我们耳熟能详的日本知名推理小说家横沟正史、松本清张、岛田庄司以及东野圭吾无不受其影响。

江户川乱步，本名平井太郎，1894年10月21日出生于日本三重县。江户川乱步的父亲平井繁男有良好的教育背景，接受过大学教育，曾在政府部门工作，后来经商，并一手创办了平井商社。因此，江户川乱步童年的生活环境相当优越。美中不足的是，江户川乱步小时候身体不是很好，经常生病，但是他也因此深得父母的疼爱。每当江户川乱步卧病在床的时候，母亲都会耐心地给他讲欧美侦探小说中的故事。也许，江户川乱步对于侦探小说的兴趣就此萌芽。小时候的江户川乱步性格内向，十分安静，但非常喜欢阅读，有时候捧着一本书一读就是一整天。

江户川乱步17岁的时候，其父一手创办的平井商社突然倒闭。一时间，全家人陷入困境，江户川乱步继续求学的梦想就此破灭。其后，在父亲的带领下，江户川乱步前去垦荒，然而由于身体原因，再加上不甘心于此，他还是希望继续学业。几经努力，其父终于答应让他继续求学，最终江户川乱步考入早稻田大学预科班，开始了半工半读的求学生活。课余时间，江户川乱步要么去印刷厂当学徒工，要么给人做英语教师，要么到图书馆当图书管理员。由于兼职太多，疏于学业的江户川乱步毕业时并没有取得学位。但是在此期间，江户川乱步充分接触了社会的方方面面，同时阅读了大量的书籍。江户川乱步曾一度想到美国留学，无奈生活所迫，只得放弃。其实，江户川乱步这时候已经开始了侦探小说的创作。

20岁左右，江户川乱步迎来了自己的初恋，但是无果而终。他的第二个恋爱对象名叫村山隆子。就在他们已经开始谈婚论嫁的时候，江户川乱步突然想结束这段恋情，原因是他觉得自己无法养家糊口，但是村山隆子对江户川乱步一往情深，不想放弃。江户川乱步深受感动，正式向村山隆子求婚。两人的婚后生活十分艰难，据说一度靠卖棉被度日。此间，村山隆子的兄长曾介绍江户川乱步到政府社会局工作，然而江户川乱步干了半年就辞职了。其后，江户川乱步又做过很多工作，但都不长久。最后，生活实在无法维持下去了，无奈之下，江户川乱步只得携妻带儿回乡下老家生活。

尽管生活举步维艰，但是江户川乱步一直以来都没有停止阅读和写作。甚至可以这么说，除了阅读和写作，江户川乱步是一个对任何事情都不感兴趣的人。这期间，江户川乱步曾写过一个小短篇，他本想依此一举成名，结果却让他十分失望，稿件投出去之后，如石沉大海，杳无音信。江户川乱步虽然深受打击，但是并没有因此放弃写作。江户川乱步用的第一个笔名是“江户川蓝峰”。

闲居乡下期间，江户川乱步开始了更加艰辛的创作生活。功夫不负有心人，他终于创作出了《两钱铜币》和《一张收据》两个短篇。这次，他用的笔名是“江户川乱步”。“江户川乱步”的日文读音是“艾特加华伦坡”，是根据美国推理小说鼻祖埃德加·爱伦·坡（Edgar Allan Poe）的谐音取的。可见，对于爱伦·坡，江户川乱步是推崇备至。

江户川乱步将这两个短篇寄给了当时在文坛小有声誉的作

家马场孤蝶。遗憾的是，马场孤蝶完全没有将江户川乱步这个无名小卒放在眼里，自然也不会对他的作品给予什么支持。江户川乱步为此受到了大大的伤害。随后，他又将稿件寄给了当时在日本深受欢迎的杂志《新青年》的主编森下雨森。

当时，《新青年》杂志长期刊登欧美侦探小说，在日本很有影响力，有一大批拥趸却鲜有日本国内作者投稿。森下雨森收到江户川乱步的稿件之后，很是喜欢，甚至被江户川乱步的才华所折服。千里马常有，而伯乐不常有。江户川乱步终于遇到了他的伯乐，森下雨森收到稿件的当晚便去拜访了江户川乱步。很快，《两钱铜币》和《一张收据》相继在《新青年》杂志发表。这两部作品甫一发表，便广受好评。江户川乱步从此便以侦探小说新秀的身份登上日本文坛。这一年是1923年，江户川乱步29岁。

初试牛刀便大有收获。从此以后，江户川乱步的创作热情便一发不可收了。在森下雨森的鼓励下，江户川乱步很快又写出了一系列深受欢迎的作品，如《心理测验》《D坂杀人事件》《人间椅子》《屋顶上的散步者》《恐怖的三角公馆》《蜘蛛人》《地狱的滑稽大师》《赤色部屋》。江户川乱步很快成了小有名气的侦探小说家。

1926年之后，江户川乱步的创作开始从短篇向长篇过渡。

这期间，他创作的《奇幻岛》和《矮人》发表之后，赞誉者有，批评者也不少。这两部作品，充满奇妙的想象与悬念，但是文字确实粗糙不堪，有人因此断言“乱步的侦探小说已经灭亡”。江户川乱步因此深受打击，甚至大病一场。但是等身体好起来之后，他决定从头再来。

才华终究是掩盖不住的。1929年至1931年，江户川乱步先后发表了《阴兽》《带着贴画旅行的人》《妖虫》《黄金面具》《地狱中的魔术师》等震惊文坛的作品。随着这些作品的问世，江户川乱步笔下的“明智小五郎”也成了日本家喻户晓的人物。

对于江户川乱步来讲，与巨大的成功同时到来的还有关于他的从来不曾消失的争论，甚至对他的批评。而江户川乱步又是一个性格极其敏感的人，每每见到报端批评他的文章，他都无比伤心，甚至几度封笔。

1932年，江户川乱步又一次对外宣称从此封笔。与江户川乱步身处同一时代的侦探小说家横沟正史听闻此消息时，正因病住院。卧病在床的横沟正史不忍江户川乱步的才华就此埋没，于是忍着病痛给江户川乱步写了一封公开信。横沟正史在信中语重心长地劝说江户川乱步一定要摆脱性格上的弱点，振作起来。横沟正史的公开信给了江户川乱步极大的鼓励。那以后，江户川乱步又以极大的热情投入到了创作之中，先后写出了《怪人二十面相》《少年侦探团》等影响深远的著作。

第二次世界大战期间，江户川乱步以沉默对抗军国主义，又一次封笔，直到第二次界大战结束，才又活跃于文坛。

在相当长的时间内，江户川乱步除了笔耕不辍，致力于新作品的创作，还花费相当多的精力致力于侦探小说在日本的发展和繁荣。比如，他一手创办了专门刊登侦探小说的文学杂志《宝石》；1947年，他一手促成了侦探作家俱乐部的诞生，并担任第一任会长；1949年，正值美国作家爱伦·坡逝世100周年之际，他出版了《侦探小说四十年》，回顾自己的创作经历，并且客观评述了自己创作的优缺点；1953年，在他的努力下，侦探作家俱乐部改组为社团法人日本推理作家俱乐部，他担任第一届理事长；1954年，在60岁生日之际，他以自己多年积蓄设立江户川乱步奖，以此培养新人作家；他还长期举办侦探作家聚会，发掘、鼓励新人作家积极创作。这些工作无疑对日本推理小说甚至世界推理小说的发展起了巨大的推动作用。

1965年，江户川乱步因脑溢血病逝，享年71岁。

江户川乱步的一生可谓跌宕起伏。他的人生轨迹和侦探推理小说在日本的发展趋势十分相似。童年时期的富足，青年时期的贫困，曲折的求学生涯及举步维艰的生活经历，让他形成了内向的性格和敏感的心理，并在此基础上形成了不稳定的情绪，这既成就了他这个人，也成就了他的作品。随着侦探推理小说在日本受欢迎的程度越来越高，江户川乱步在这个领域所做的贡献也越来越为人所肯定。

最后，说到江户川乱步的创作，他在创作之初便很好地理清了推理小说的本质，他一直认为推理小说是一种严格讲求逻辑的理智文学。正是因为这一点，江户川乱步被认为是“日本推理小说之父”。也正是因为这样的原因，江户川乱步被称为日本推理小说“本格派”的创始人。江户川乱步还提出谋杀是人之兽性的表现，而推理小说的创作初衷便是为了揭露人之兽性的本质。从某种意义上讲，江户川乱步为独具日本特色的日本推理小说的形成奠定了坚实的基础。江户川乱步的作品及其创作理念深深影响了后来很多侦探小说家的创作，如角田喜久雄、甲贺三郎、平林初之辅、滨尾四郎等人。

本套书精选了江户川乱步相当经典的12个作品，其中有设计精巧却寓意深远的《一株毒草》《接吻》《蒙面的舞者》《一张收据》《一寸法师》《阿势出场》；有异想天开的猎奇杰作《人间椅子》；有极具迷幻色彩且令人浮想联翩的《带着贴画旅行的人》；有情节严谨且极具画面感的倒叙推理佳作《月亮与手套》；有构思巧妙、结局出人意料、充满游戏性，同时又是江户川乱步代表作及发轫之作的《两钱铜币》；有情节扑朔迷离、悬念跌宕起伏且推理严谨又极具浪漫气息的《阴兽》；有情节曲折离奇、结局开放、令人回味无穷的长篇《湖畔亭旅馆谜案》，意在全方位呈现江户川乱步的创作视角和创作思路，为大家呈现一个更全面、更立体的江户川乱步。

本书在编辑出版过程中，翻译、编辑、校对人员付出了大量心血。虽经努力，但是限于时间、精力、水平，难免有不足之处，敬请广大读者指正。

目　录
CONTENTS

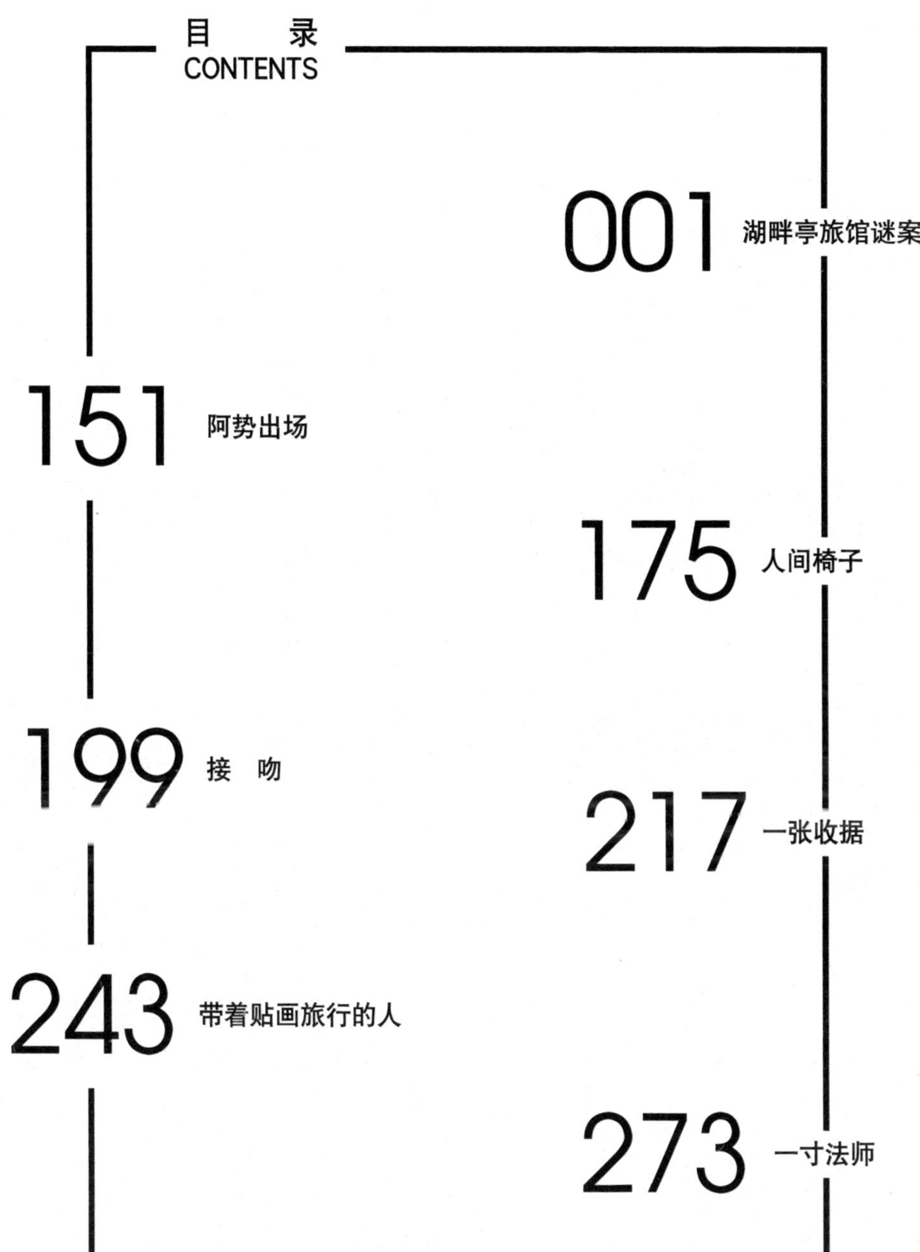

湖畔亭旅馆谜案

一

各位读者，对于几年前发生在H山A湖畔旅馆的那起凶杀案，大家可还有印象？案件发生地确实偏远，但是那起凶杀案影响力可不小。当时，各大城市的报纸争相报道，各种消息到处乱飞。实话实说，那起案件也确实离奇。时至今日，我还记得，当时有一家报社以“A湖畔神秘命案”为标题报道那起案件；另一家报社的标题是“无缘无故消失的尸体”，简直耸人听闻。当时，几乎所有报纸都报道了那起凶杀案。

是的，正如你所猜到的那样，五年后的今天，那起凶杀案真相仍然扑朔迷离，没有定论。当然，更为古怪的是，别说凶手了，就连尸体到底是谁都没搞清楚。现在，估计警察都没有信心能破案了，也许已经放弃追查真凶了。随着时间的流逝，生活在案发地附近的居民可能也已经忘记了那起曾经轰动一时的案件。也许，那起案件真的要成为谜案，人们永远也搞不清楚其中的真相了。

然而，这世上没有绝对的秘密。这广阔的世界上有两个人对那起命案的真相了如指掌。其中一个就是我。我为什么要保守秘密至今？也许有人会因此责怪我！但是请您稍等，这中间是有隐情的。接下来，请您耐心听我讲！也许当您听完我所讲的一切，您就会明白，我为了保守这个秘密承受了多大的痛苦！

二

这一切要从我的一个不太能为大家所接受的怪癖开始说起。这个怪癖源于我是一个超级疯狂的“透镜爱好者”。大家也许迫切想知道我刚才所讲的那起凶杀案究竟有什么内情，我又知道多少。但是如果不先把我的那个不寻常的怪癖交代清楚，直接切入主题，大家最终肯定不能十分相信我所讲的关于那起凶杀案的内情。当然，借此机会向大家介绍一下我的那个不寻常的、不太能被大家轻易接受的怪癖，也是我的目的之一。下面，请大家耐下心来慢慢听我细细道来。您权当是我痴人说梦吧！

先从我的身世说起。我也不知道是怎么回事，我从小就是一个性格内向，甚至有点儿忧郁的孩子。即使上学之后，我也总是独来独往，常常一个人待在角落里，静静地看那些聚在一起玩得像疯了似的小伙伴。当然，我眼里常常是带着羡慕之情的。放学之后，我基本也是待在家里，从来不和邻居家的孩子玩耍。一般来讲，我都是一个人待在一个能放四张半榻榻米的房间里。当然，我小时候也有很多玩具，但是随着我慢慢长大，与透镜相关的各种物品代替了我以前所有的玩具。再后来，透镜几乎成了我唯一的爱好，或者说我唯一的朋友。

现在想来，我那时是个多么奇怪的孩子啊！不受人待见自然也是难免的事情。时间长了，我就把那些没有生命的玩具当成了活物，我常常跟它们聊天，向它们倾诉，比如人偶，比如纸做的小狗，比如透镜镜头下各种各样的人或物。就像和自己心爱的人聊天一样，我十分沉醉其中，总是跟它们聊个没完没了。很多时候，我还会给它们配上台词，也就是我一个人自问自答。我清楚地记得，有一次母亲发现了我神经质一般的行为后，她狠狠批评了我一顿。也许是我当时年龄太小了，我完全搞不明白母亲为什么那么生气。我记得，当时母亲一边骂我，一边瞪大了眼睛看着我。

且说随着年龄的慢慢增长，我的兴致点从一般的玩具转移到了幻灯片上，然后又从幻灯片转移到了透镜上。正如宇野浩二在某部电影中所讲的一样，我也是那个在黑暗的橱柜中一遍一遍看幻灯片的男孩。在漆黑如泼了墨的墙上，突然打上去一道怪异的光，像做梦一样。那绚烂的光和太阳光完全不同！那也许是来自另一个世界的光吧！在那怪异的光的照射下，一幅幅画面在墙上慢慢游离，太神奇了！期待各种不同画面的突然出现的心情至今记忆犹新！那种感觉真是无法抗拒！我常常忘了这世俗的世界，在充满油烟味的橱柜里往往一待就是一整天，一边看幻灯片，一边自言自语自己创造的台词，甚至经常错过吃饭的时间。有一天，母亲把我从橱柜里拽了出来，然后劈头盖脸地骂了我一顿。好似一场好梦突然间被人打断了一样，我像是突然间被人从梦幻场景拖回残酷现实，那种感觉着实难受。

那时的我，是个切切实实的“幻灯片迷”。但是小学毕业后，我也逐渐感觉到自己的某些行为实在奇怪，于是我再也不私自躲进橱柜里看幻灯片了。至于放映幻灯片的机器，则被我销毁，唯有镜头留了下来。

说实话，我的放映幻灯片的机器比一般的商店里销售的机器要高档得多，那留下来的镜头直径长达两寸，摸着特别厚实，拿起来沉甸甸的。

我把那两个从幻灯片机上拆下来的镜头放在书桌上当镇纸用。

大约是我上中学一年级的时候，有一天，我躺在床上不想起来，更不想去上学。尽管母亲一次又一次喊我起床，尽管我一次又一次“嗯……嗯……”地答应着，但我就是没有离开被窝，最后终于错过了上学的时间，我终于不用去上学了。我甚至给自己找了一个理由，和母亲说我生病了——这当然是我的谎言。

一旦说自己生病了，我必须面对难以下咽的清粥，并且只能待在床上，哪儿也去不了，什么好玩的事情也干不了。每每这时，我又会为自己的装病感到懊恼。

感觉异常无聊的我，随手拉上了遮雨窗，屋里随之暗了很多，一如我当时郁闷的心情。然后，我发现了一个奇怪的现象，窗外的各种景色通过各种缝隙和很多小的节孔映射在纸门上。而且……而且……那些映射在纸门上的景色都是颠倒的，有的大，有的小，有的模糊，有的清楚，十分有趣！看着这神奇的一切，我脑海里突然想起照相机的发明者说过的话，这些景色为什么不能像照片一样有颜色呢？相当多的孩子都有过这样的想法，但当时的我深以为自己是个了不起的科学家！

我目不转睛地看了好久，直到那些倒映的景色慢慢消失。当那些倒映的景色消失后，刺眼的阳光通过那些孔洞和缝隙射了进来。装病不去上学的我居然内疚到连阳光也不敢接近。万般内疚的我，随手拉起被子将自己盖了个严严实实，然后迅速闭上眼睛，又以一种不可言喻的心情感受着那一瞬间聚拢在自己眼前的各种颜色的光圈。

读者朋友们，读到这里，你肯定会有疑问，我铺垫这么多内容到底和我上面所讲的那起凶杀案有什么关系？请不要埋怨我，我这人一向如此。况且，我所讲的这些，和我即将要讲的凶杀案，并非完全没有关系。

我继续讲我和透镜的故事。我将头探出被窝，想看个究竟，忽然发现，在我脸的正下方，有一块地方正在闪闪发光。我看了一下，原来是太阳光透过刚才我所说的节孔，穿过拉门的破洞，留在榻榻米上的一束光。也许是因为当时屋里太过黑暗了，那个留在榻榻米上的光圈十分刺眼，晃得我几乎睁不开眼睛。这实在太不可思议了！我随手拿起放在书桌上的透镜对准榻榻米上的那个圆形光圈放了上去，然后我看到一个奇怪的影像倒映在了天花板上。那影像似乎带着一种魔力，我只是瞅了一眼，竟然被吓了一大跳，我手里的镜头都因此掉在了榻榻米上。那到底是个怎样的影像，竟将我吓成那样？究其原因，也着实可笑。原来榻榻米上有一根细细的兰草，在幻灯机镜头的作用下，被放大了很多，至少有两寸粗，倒映在天花板上。更为神奇的是，很多小细节，即使是一粒尘埃，也能看得清清楚楚。也许就是从那一刻起，我对透镜有了一种神奇的敬畏之心。透镜那不可言说的魅力至此彻底将我俘获。

我突发奇想拿过手边的一面小镜子，用它来折射透镜射出的光线，并将一些图画或者照片放在透镜下面。结果，在镜子的帮助下，投射在墙壁上的图像非常清楚。这让我非常吃惊。一直到上中学高年级，当我学了光的折射的原理，并且当我了解了实物幻灯片之后，我才明白当时那自以为傲的大发现原来只不过是不值得一提的小伎俩。不过，对于当时的我来讲，那还是相当震撼的，我由此深深沉湎于透镜和镜子的世界，不能自拔。

那以后，只要有空，我就会去买各种制作小箱子的材料。我手里的透镜和镜子也越来越多。有时候，我会制作一个长长的“U”字形暗箱，并在里面合适的位置放上透镜和小镜子。这样一来，尽管箱子并不是透明的，但是我能从箱子的这一头看到另一头正在发生的事情，视线完全不受阻碍。对于我制作的这个神奇的装置，家人纷纷表示不可思议，他们认为这何尝不是一种透视术！有的时候，我会在院子的一个角落里装一面凹面镜，然后借助它聚焦光线来点火。我也曾在家里装了很多暗箱，以让身处内室的家人借助暗箱将玄关的来访者看得清清楚楚。像这样的小玩意儿，我制作过很多，乐此不疲。我一度亲手制作显微镜和望远镜，并且取得了不小的成功。我记得，有一次，我还制作了一个用镜子做成的小房子，将青蛙啊、老鼠啊什么的放进去，看着它们吓得瑟瑟发抖的样子，我在一旁哈哈大笑。

我对这些小玩意儿的兴趣一直持续到中学毕业才有所收敛。升入高等学校之后，由于整天忙于学业，我对透镜的痴迷不知不觉之间归于平淡。到后来，透镜甚至从我生活中消失了。不过，当我从高等学校毕业之后，因为不必着急从事那些只能养家糊口的工作，我整日里无所事事。也就是在那个时候，透镜再次出现在我的生活里，并且以更大的力量将我牢牢捆住。

三

讲到这里，我必须先向大家坦承我的一个很难为大家所接受的怪癖。从我自小就懦弱无比的性格来看，我能有这样的怪癖，或许是早已注定的。当时，我在人中部位留了一撮小胡子。每日里优哉游哉的我竟然从连最下贱的女佣都觉得不能接受的偷窥行为里寻找到了莫名其妙的快感。对于偷窥的癖好，很多人或多或少都有一点儿，但是肯定没有我这么疯狂。不仅如此，我偷窥的尽是一些连我都觉得无耻的下流的人和事。

有一次，一个朋友和我说过一件和偷窥相关的事情，我已经忘记是他的婶婶还是其他什么人，也喜欢偷窥，而她家后院的木板围墙处正好可以窥视到邻居家的客厅。因此，这人每天无所事事的时候，便通过那围墙上的小洞偷窥邻居家。由于一直没有工作，闲居在家，这人有大量时间行偷窥之事，每天像沉湎于精彩的小说中一样，窥视着邻居家的任何一点儿风吹草动。然后，她就像每天给孙子讲故事一样，将邻居家的一概琐事一样一样讲给我的朋友听，比如邻居家当天有哪些客人来访、客人长什么样子、客人说了什么话、哪一家生了孩子、买了什么东西、女佣偷吃了什么东西等。很多时候，相比自己家的事情，她更了解邻居家的事情，甚至邻居家有些事情，邻居家的男女主人都不知道，而她却一清二楚。

听了朋友说的这件事情，我好像终于可以为自己的不当行为开脱一些了，这世界上不止我有偷窥这种奇怪的癖好，我的内疚好像得到了些许的缓解。这样为自己开脱，是不是有些可笑？只是，我的行为比那位女士更恶劣。比如，我讲一下我毕业回乡之后发生的一件事情吧。我在我的房间和我家女佣住的房间之间装上了我上面提到过的那种装有很多透镜和镜子的暗箱。我想看看那个丰满得像一个熟透了的果子的女佣有什么秘密。我的偷窥行为是极为隐秘的。我先是在女佣房间的天花板上不容易为人注意的角落装上了我用透镜和镜片组装的装置。这样一来，通过在阁楼上装的暗箱通道，女佣房间里的情景就通过许多透镜和镜面显现在了我卧室桌子上的镜子里。实际上，我的这种装置与潜水艇中观察海面上的情况的装置有些雷同。

书归正传，我看到了些什么呢？不难理解，大部分是一些不适合公开讨论的内容。比如，我家的那个女佣每天晚上睡觉之前都会从行李箱的最底层拿出一沓信纸和一张照片，然后一会儿看照片，一会儿读信，睡觉的时候还会把那张照片用力地放在自己丰满的胸口，那应该是她心爱之人的照片吧！还有，那女佣非常喜欢哭，和她表现出来的性格完全不一样。再有就是，她不但喜欢偷吃，而且睡姿非常难看，和我想象中的一模一样。至于其他更加让我无比吃惊的景象，我就不多说了。

从那以后，我的偷窥怪癖更加一发不可收。与偷窥女佣的感觉不一样的是，偷窥家人会让我感觉十分别扭。另外，我也不会偷窥邻居。因此，那以后有相当长一段时间，我内心是十分困惑的。后来，我终于想到了一个好主意。我何不把我的偷窥装置改装成一套便于携带的装置？这样我外出的时候，比如去茶室、旅馆或者料理店的时候，都带着它，随时都可以就地组合成偷窥的工具。为了达成这一目的，我的偷窥装置必须符合以下几个要求，即焦距能自由调节，暗箱越小越好。虽然改装过程遇到了很多挑战，但是一切困难对于我这个手工活儿天才来说，都不是问题。没用几天时间，我就改装成功了。

那以后，大凡我所到之处，这个偷窥装置都派上了用场。

有一次，我找借口留宿在一个朋友家里，然后用这套装置偷窥到了主卧室内无比激情的画面。我想，即使我只是写写我的这些偷窥经历，那也将是一部不错的文学作品。但是现在闲话少说，我们回到本书的主题上吧。

四

五年前的夏天，我不知怎么患上了神经衰弱。大城市喧嚣的生活对我脆弱的神经有百害而无一利。于是，在家人和朋友的劝说下，我独自前往H山A湖，打算在那里静养一段时间。我落脚的地方是一家名为湖畔亭的旅馆。当时还是初夏，还不到人们避暑的时节，因此旅馆里空荡荡的没几个人。很多时候，山中清冽的空气甚至时不时让人感觉到一种特别的寒意。刚到那里的时候，我经常泛舟湖面，或是到森林里去散步，但是时间长了，这些活动也变得索然无味。即使这样，我也不愿意回城市里去。于是，接下来的每一天，我都在旅馆的二楼无聊度日。

在我感觉十分无聊的时候，我想到了我的偷窥装置，它就在我行李箱的底部。当时，旅馆里入住的人虽然不多，但还是有一些客人的。此外，为了即将到来的避暑时节，旅馆里临时雇用了很多女佣。

“那么，就让我来做一些小小的恶作剧吧！”想到这里的时候，我的笑容的确有些不怀好意。

当时，旅馆里人不多，所以我完全不用担心会被发现。说到做到，我立马着手组装我的偷窥装置。

至于在湖畔亭旅馆我偷窥到了什么？我又因为偷窥卷入了怎样的事件之中？接下来听我一一道来。

湖畔亭旅馆位于H山著名的A湖泊南侧的一处高地上。整个湖畔亭旅馆呈细长方形。湖畔亭旅馆北面临近湖畔，站在临北的窗前稍稍一抬头，湖面的景色便尽收眼底；南面隔着一个小村庄，层峦叠嶂的群山更是美不胜收。我的房间在北边临近湖边的那一侧。房间前面有一条走廊，宽敞如一个巨大的露台。每个房间前面都配有两把舒服的藤椅。我坐在藤椅上，视线穿过院子里稀稀疏疏的小树林，便能眺望全湖美景。那重峦叠嶂的山，那静如幽谷的湖，拥抱在一起，给人一种不可言说的享受。刚来到这里时，因为这样的美景，我是多么陶醉啊！艳阳高照的日子，水面倒映着山峰，小船悠然穿梭于湖面；有雨的天气，山峰的顶端隐藏于蒙蒙的雨雾之中，仿佛就在头顶的乌云洒下的雨丝淅淅沥沥落于湖面，溅起如梦如幻的水珠。如此美景每天静静地洗涤着我的灵魂，慢慢地我竟将那曾经将我折磨得生不如死的神经衰弱忘得一干二净。

随着神经衰弱症的逐渐好转，我又慢慢地回归了热爱喧嚣生活的本性，到最后我甚至有点儿无法忍受这百无聊赖的山居生活了。

再说说这个湖畔亭旅馆，它除了可供到这里来旅游的人住宿之外，还兼营日本料理，而大部分客人都是来自附近城镇及村子的一日游旅客。另外，如果客人有需求，店家也经常从附近城镇叫来一些歌伎，来一场与周围环境格格不入的表演。寂寞难耐的时候，我也参加过几次这样的活动。然而，这样单调的活动是无论如何也满足不了我的。在那里待着，不是山就是水，不是水就是山，要么就是偶尔传来的那些乡下歌伎荒腔走板的三味线。然而，我回去以后又能怎么样呢？家里的日子也是平淡如水，况且离我预期回家的时间还有好久。就是在这样的情况下，我想到了我的偷窥装置。

我之所以能想到我的偷窥装置，也许还有另外一个原因，那就是我所入住的房间的位置。我的房间在旅馆的二楼，打开我房间的圆窗，湖畔亭旅馆那豪华浴场的屋顶尽收眼底。在那以前，借助我的偷窥装置，我偷窥过很多场景。唯有浴场，我还从来没有偷窥过。一想到这里，我就兴奋不已。实际上，吸引我的并不是什么裸女沐浴的场面。这样的场面，在深山温泉浴场，随处可见，即使在城里的某些地方也可以轻而易举地看到，更何况湖畔亭旅馆的浴场是不分男女的。

那让我如此兴奋不已的到底是什么呢？是一丝不挂的男男女女所呈现出来的自然状态。也就是说，当他们不知道有人在窥视他们的时候，他们是一种什么样的状态？这么说吧，我们平时在浴场里看到的裸男裸女其实并不是他们的自然状态，他们仍然保有人类羞耻的本心，他们之所以在人们眼前能若无其事，是因为他们暂时适应了这样一种状态。或者说，人们注视下的裸男裸女所呈现出来的状态，是一种带有人类天生的防御心理的不自然状态。根据我的经验，人类在人前人后所呈现出来的状态，其差别之大，令人咋舌。比如，有的人在人前十分精明干练，但是一个人独处的时候，就会一下子松弛下来，与在人前的状态完全相反。还有的人在人前人后所呈现的状态，完全就是活人与死人的差别，别说表情，就是行为举止也都完全变了样。我就认识这么一个人，在公共场合，完全是一个乐天派，整日里疯疯癫癫，但是当他独处的时候，你完全想象不到他居然是一个厌世家，死气沉沉，毫无生气。是啊！人类多多少少有这样的性格分裂，我们所看到的状态与其本来面目很可能大相径庭，也许每个人都是如此。想到这里，我就越发好奇，当一个人面对自己的裸体独处的时候，将是一种什么样的场景呢？那一定非常有意思！

正是因为这样的原因，我决定把我的偷窥装置的另一端安装在湖畔亭旅馆浴场的更衣室里，而不是浴室里，因为更衣室里有一面大大的落地镜。

五

在一个夜深人静的晚上，我开始了期待已久的工作。我从行李箱的最下面拿出了我的偷窥装置。我将那装有镜子和透镜的纸筒接得长长的。我通过我房间的圆窗，爬到浴场的屋顶，找了一个不容易被发现的地方，将我的偷窥装置用细铁丝紧紧地绑在了上面。并且，十分幸运的是，旁边的空地上有一片杉树林，将这一面墙壁遮掩得严严实实，完全不必担心别人发现我的装置。即使是白天，也是如此。况且，这里是旅馆的背面，平时没事的话，很少有人来这里。

接下来，我像一个贼一样，攀着旁边的树，通过窗户，钻进浴场，在黑暗中工作了将近三个小时，终于在更衣室上方的安全角落成功安装好了我的偷窥装置。最后我把连接偷窥装置的暗箱通过圆窗拉进我的房间，隐藏在板壁下面，以致我一躺下来就可以看到窥视镜中的影像。将各种装置都固定好之后，我把春秋两季才穿的衣服都搭在了柱子上，以防这里的女佣发现我的秘密。

从第二天开始，我便完全沉溺在那如梦如幻的镜像世界之中了。我房间那个不起眼的角落里的那个黑色暗箱里，斜斜地插着一面两寸见方的小镜子，镜子中每天上演着浴场更衣室里的实时场景。由于光线折射的原因，镜子中的影像其实并不怎么清楚，总是灰蒙蒙的，但这却无形之中营造出了一种梦幻的气氛，让我的病态癖好得到了一种无以言表的满足。

我的房间在二楼，正好可以听见人们去浴场时的走路声。其实，我也可以躲在圆窗后面偷窥，但是这样的话，我只能看见浴场的屋顶，并不能看到浴场里面的情景。另外，如果我不看我那偷窥镜面，并不能知道人们什么时候进入了浴场。于是，每天早晨一醒来，我就紧紧地盯着暗箱里的小镜子看个不停。那情形就像钓鱼爱好者紧紧盯着浮标一样，迫不及待地等待着浮标的任何一点儿风吹草动。

每一次，当镜面里恍惚出现一个人影的时候，我的心情都十分紧张。不管那人是在脱衣服，还是在拭去自己身上的水珠，我都会急不可耐地期待那里能发生一些稀奇的事情。现在应该发生一点儿什么了吧？每一次我都会在心里这样问自己。我对此充满期待。

然而，十分遗憾，我的期待总是落空。那镜子里，除了在大大的落地镜前面装模作样地搔首弄姿的裸男裸女，别无其他异样事情发生。我前面提到过，当时正值初夏，早晚温差还很大，常住的旅客还很少，至于我说的那种专门来饮酒作乐的客人更是少得可怜，两三天才能来一拨。因此，到浴场里来洗浴的人特别少。这样一来，我充满期待的镜子中的世界冷清极了，一如那没有一点儿涟漪的湖泊。

在我无比失望的情况下，唯一能给我安慰的是一组十名女游客来洗浴的画面。她们总是或者两人或者三人出现在更衣室说说笑笑。我虽然听不见她们在说什么，但我猜总不过是一些她们常常一起嚼舌头的流言蜚语。她们一边说笑，一边打闹，穿脱衣服的时候会就谁的皮肤更好比来比去，以及互相拍打对方肥胖的腹部和臀部……这些画面，仿佛唾手可得，但出现在我镜面上时更像是照片上小巧玲珑的人物突然动起来一样。洗漱一番之后，她们会在大大的落地镜子前梳妆打扮。此前我就一直对女人化妆的事情兴趣浓厚，但是我从来没有见过裸体女人毫无顾忌地为自己上妆的样子。

实话实说，对于男人来讲，那真的是一个陌生的世界。

独自一人出现在更衣室的时候，那些女人会毫无防备地穿脱衣服。也是在这种时候，我领略到了一些别样的风景。比如，也许一分钟之前还一脸懵懂地侍奉我的女佣，当她一个人站在镜子面前的时候，会完全换上另一副姿态，与此前简直判若两人。难怪人们说，女人是魔鬼，此言非虚。

六

时间长了，当我一度觉得那镜子中的世界也不过如此时，却突然出现了一个惊喜。当然，在这之后紧接着发生的事情才是更大的“惊喜”，简直给我吓坏了。我首先要讲的这个惊喜，来自一个十八岁左右的少女。她应该是那时刚刚住进旅馆的东京某大户人家的女眷之一。她穿着打扮都十分考究，第一次出现在镜子里时，简直惊为天人，就好像灰蒙蒙的世界突然出现了一朵盛开的鲜红的罂粟花！她的身材也一点儿不输于她美丽的脸蛋。她拥有西方女人的丰盈，又拥有樱花花瓣一样的肤色，对我来讲这简直是天大的惊喜。更加不可思议的是，她在镜子前会摆出各种姿势，搔首弄姿，欣赏自己的裸体，比如要么侧身面向镜子，看自己的侧面；要么背向镜子，看自己的后背。

我记得在走廊里遇见她时，她完全是一个淑女，举止端庄，大方得体，态度严谨。然而，我没想到的是，当她独自面对镜子的时候，是那样的大胆豪放。那是我第一次看到年轻女子迷恋自己肉体的样子。那女孩大胆夸张的行为，真是让我大吃一惊。

接下来，如果我继续讲述我偷窥到的类似画面的话，那就真的跑题了。尽管我也想继续，但还是决定就此打住。不管怎么说，这个女孩的出现，确确实实将我从无聊的生活中解放出来了。

实际上，为了让我偷窥到的画面更清楚一些，我曾于一个晚上再一次潜入浴场，在最里面的透镜前加上了一个望远镜的镜片。因此，我的偷窥装置的焦点集中在了大大落地镜的中间部分。那以后，我从我房间里那两寸见方的镜子中看到的画面，幸运的话是全身影像，很多时候只能看到身体的一部分——看上去很像电影里的特写镜头。

换句话说，我很多时候从我房间里那两寸见方的镜子中看到的只是被透镜放大的人类身体的一部分，多么恐怖！没有过那种经历的人，是想象不到那种震撼的！那感觉就好像身处一个光线昏暗的水族馆，透明玻璃水槽的表面突然出现了一块几近透明的鱼肚白！可当你仔细一看，原来那是人类的肌肤！这样的感觉，何等恐怖！有好长一段时日，我就是在这样的偷窥中，打发每一个无聊的日子。

七

终于，有一天，像这样的平静日子结束了。

那天，那个姑娘没有出现。此前，她可是每天必到，但那一天，直到入夜，她都没有出现。我百无聊赖地在镜子前看着完全不感兴趣的身体，不知不觉天已经黑透了。我看了一下时间，按照以往的惯例，接下来直到午夜十二点，除了女佣们会来洗浴，应该不会有别人来了。

我略带失望地钻进了早已经铺好的被窝，然而我却怎么也睡不着，一部分原因来自原本一直安安静静的斜对面的房间忽然陆陆续续传来的嘈杂声。乡下歌伎的三味线伴奏，女人尖细的声音和男人沙哑的声音混在一起哼唱的粗俗不堪的当地歌曲，再加上不时穿插其间的太鼓声，连绵不绝地传到我的房间。听上去，那房间里聚会的场面还挺大的。走廊里不时有赶来看热闹的女佣慌忙地跑来跑去。

实在睡不着，我决定起来再看一眼那镜面。也许是我不死心吧，我心中还是期待能看到那女孩的肉体。我朝镜子一看，那里面果然有一个身影，是一个女人的身影。但是，我虽然只是看了一眼，但也十分确定那不是我期待的那个姑娘。镜子里女子的身影朦朦胧胧，看不清楚，并且只能看到脖子以下的部分，我完全看不出来她是谁。从身体姿态来看，她应该是个年轻的姑娘，她好像刚从浴室里走出来，正在镜子前擦拭身体。

意想不到的是后面发生的事情。突然，我看到那姑娘背后闪过一道白光。我仔细一看，立马惊出一身冷汗，我看到一个让我胆战心惊的画面。我看到镜子的一角正有一只男人的手慢慢伸进画面，手中还攥着一把短刀。也许是过于紧张的缘故，男人的手在不停地颤抖着。相比那只刚刚进入画面的手，女人丰满的身体充满了画面。那镜面看上去很像水族馆里黑黝黝的水槽。也是在那一刻，我严重怀疑那是我的幻觉。我感觉，由于紧张，我紧绷着的神经快断开了。

我盯着镜子一动也不敢动，镜子里那只手并没有消失，它紧紧攥着的那把闪着寒光的短刀一点一点逼近了那个女人。也许是过于激动的原因，那只手一直在不停地颤抖。那女子丝毫未有察觉，仍然不紧不慢地擦拭着自己的身体。

很明显，这不是梦境，更不是我的幻觉，浴室里正在上演一宗谋杀案。我必须阻止，但是我如何阻止？我面对的只是一面镜子。我紧张得心都要从胸口跳出来了。我多么想大喊一声，但是我的舌头已经完全僵住了，一点声音也发不出来。

时至今日，我仍然对当时的场景记忆犹新。你可以想象当时的情况是多么复杂，甚至有点儿滑稽。我斜对面的房间里，聚会还在继续，一帮人在欢快地歌唱，太鼓声、拍手声、跺脚声……此起彼伏地传进我的耳朵，似乎我的房间都在隐隐抖动。而房间里的我，眼睁睁看着模糊的镜子里正在上演的诡异凶杀案。很快，鲜红的血液从女子的身体里淌了出来，随后她的身体一下子从镜子里消失了——她肯定是倒在了地上——尽管我没有听到声音。手握短刀的男子估计也吓蒙了，在镜子前停留了好一会儿，之后才缓缓后退，直到消失在我的镜子里。不过，男子手臂上那道像是伤痕的黑色斜线，我深深地记在了脑海里。

八

之后好长一段时间，我都没有办法平静，我不敢相信镜子中的血腥场面是真实的，我只想把它当成自己的错觉，或是拉洋片中虚构的故事。我晕晕乎乎地倒在被窝里。我仔细一想，即使我真的出现了幻觉，那我也不可能看到如此真实、如此清晰的场景。我断定，即使浴室里发生的不是我想象中的凶杀案，那也肯定是与凶杀案差不离的恐怖事件。

我看了一下手表，当时的时间大约是十点三十五分。我把耳朵竖直了，想听听外面的动静。我想外面很快应该会传来杂乱不堪的脚步声和嘈杂声。

然而，外面没有任何反应，就连我斜对面房间里的喧哗声也不知什么时候没有了。一时间，整个旅馆陷入死一般的安静，我仿佛听到了手表嘀嘀嗒嗒的声音。我缓过神来，立马来到镜子前，想看看刚才事件的后续。镜子里只有更衣室那冰冷的落地镜以及落地镜里的墙壁和架子。此外，还有一些柔柔的白光。那短刀那么猛地插进了那女子的身体里，并且喷出了那么多的血，她一定死了，至少身负重伤。

她倒下的时候，一定发出了一声痛苦的惨叫。

我呆呆地盯着镜子看了好一会儿，就好像想要听听她惨痛的叫声的余音似的。

我想不通的是，为何旅馆如此安静？难道没有人听到女子的惨叫声？也许是浴场那又厚又重的门以及浴场和厨房之间较远的距离，使得人们完全没有听到她的惨叫声。如果真是这样的话，整个旅馆只有我一个人知道这件事。我想，我必须告诉其他人我所看到的一切。但是，我该如何说呢？除非我将自己的偷窥怪癖公之于众，但是我怎么可能这么做呢！我担心的不仅仅是怕丢人现眼，我更害怕那些不能理解我的偷窥装置的人会将我的行为和凶杀案联系在一起。我也说过，我生性胆小，优柔寡断，我做不到！

但是我也知道，我不能对我看到的事情视而不见。那十几分钟时间，我感受到了前所未有的焦虑和痛苦。最后，我还是站起来，走出房间。我也不知道我要干什么，我完全没有目的，也没有什么计划，我只是觉得我应该出去。走出房间后，我从楼梯下到了一楼。在一楼的楼梯口，有一个T形通道。T形通道横向的两边，一边通往浴场，一边通往玄关；竖向的则通向客厅。我从楼梯上着急忙慌地下来的时候，几乎一头撞在一个同样也是着急忙慌地从客厅里出来的人。

我抬眼看向对方，似乎是一个企业家，穿着很是讲究，得体的西服外面套了一件不厚不薄的颜色素雅的外套，外套敞开着，露出了胸前一指头粗的金项链。此外，他右手提着一个大大的行李箱，左手则握着一根金光闪闪的粗拐杖。如今回想起来，当时已经是晚上十一点多了，那人亲自拿着行李箱急匆匆离开旅馆的样子真的是令人生疑。更让我深存疑惑的是，我差点儿撞在他身上，吓得我几乎跳起来，但是很明显他受到的惊吓好像更甚，一连后退了好几步。我看那样子，他本来是想掉转头回去的，但是好像又觉得不妥，便很不自然地从我面前继续走了过去，一直走向了玄关。在这个男人身后其实还跟着一个人，看上去很像是随从，整体气质稍逊一筹，同样是一身西服，手里提着皮箱。

我在前面也提到过，我生性懦弱。这一段时间，我住在这里，大部分时间都待在房间里，住在这里的大部分房客，我都不怎么认识。住在旅馆里的这些人，我只对两个人感兴趣，其中一个是我上面提到的那个富家少女，另外一个嘛，也是一个年轻人，他也是一个神奇的人物，你一直读下去就明白了。

当然，通过我的偷窥装置，我将这些人看了个遍，但是我对他们的了解可以说仅此而已，他们住在哪个房间，他们的长相、气质甚至穿着打扮，我可以说是一无所知。就比如这个差点儿和我撞个满怀的男人，看上去好像有点儿面熟，但是我并不确定他是哪位，因此他鬼鬼祟祟离开旅馆的模样，并没有引起我的注意。

实际上，我也没有太多精力关注这个房客为什么深更半夜退房离开。我自己心里有事，我紧张得都不知道往哪儿去呢！但是，不管我如何努力，我还是没有勇气将我看到的说出来，因为我怕我解释不清楚。我是通过偷窥镜看到那一切的，我心里觉得自己很不光彩，很是愧疚。

九

怎么办呢？我总不能坐视不管，我决定前往浴场看一下。

我通过阴暗的走廊来到了浴场门前，一道又厚又重的西式铁门紧紧地关闭着。即使只是伸手推开这扇门，对我这么一个胆小如鼠的人来讲，都需要极大的勇气。想想当时离我看到凶杀案发生的时间已经有好长一段时间了，我才鼓起勇气，慢慢地推开了浴场的大门。当门一点一点被我推开，当我的视线通过门缝看向门里面时，我紧张不已。更衣室里空无一人，就连那个受伤或者已经死去的女人也不见踪影。在白得刺眼的灯光的照耀下，更衣室的气氛异常诡异。

这时，我才稍稍放开了胆子。我把浴场的门完全推开，然后走了进去。我以为，就在刚才这里发生过一场凶杀案，地上应该留有痕迹才对啊。但是当我低头想找到一点儿蛛丝马迹的时候，我却什么都没有发现，地上只有光可鉴人的木地板。我看了看那通往浴池的磨砂玻璃门，我想我也没有必要进去查看了吧。

我站在那儿，百思不得其解，那感觉就好像大白天遇见了鬼一样。

我想我的脑袋也许是真的出问题了，居然出现了那么真实的幻觉！更可怕的是，我差点儿因此引发一场骚乱。我甚至因此怀疑我的偷窥装置了，我怎么会设计出这么个玩意儿？也许这就是原罪。

想到这里，我突然发现我内心更加恐惧了。我迈开双腿，迫不及待地跑回我的房间，然后连忙钻进被窝，闭上眼睛，并在心里一次又一次告诉自己，我看到的一定都是幻觉。

忽然，原本已经安静的斜对面的房间，又喧闹起来，好像是在嘲笑我的愚蠢和神经质。即使我用被子严严实实地将自己蒙了起来，但还是阻挡不了那源源不断传来的嘈杂声。我一时难以入眠。

躺在床上辗转反侧的我忽然又想起了刚才我看到的一切。如果那一切都是幻觉，那只能证明我确实精神出问题了，这是我不能接受的。当我冷静下来以后，我发现我应该没有病到那种程度。难道这真的是什么人搞的恶作剧？我居然又设想了一种可能。

但是，究竟是谁会设计这么荒唐的恶作剧呢？目的何在？仅仅是为了吓唬我？想想这湖畔亭旅馆，并没有我特别熟悉的人。我的偷窥装置，也没有第二个人知道。再说了，那鲜红色的血，那锋利的短刀，怎么说也不像是演出来的！不可能是恶作剧。

那么，究竟是不是幻觉呢？我细想了一下，应该不是！更衣室的地板上之所以没有留下血渍，可能是被害人脚下当时正有什么东西垫在下面，血都流到那东西上面了，并且很可能出血量并不多。那受伤的人哪里去了呢？她至少受了重伤，她能去哪里呢？是的，她的惨叫声也许是因为楼上的房间过于嘈杂被掩盖了，但是她受了伤那是事实啊！她不可能受了伤之后又不声不响地离开啊！她必须得让人找医生来啊！

我脑袋里乱成了一锅粥，一晚上没有睡着。实际上，如果我把我看到的一切都告诉服务员的话，很可能一切就都水落石出了。但是因为我的怪癖，我无论如何不能告诉别人。我只能一个人翻来覆去地想个不停。

十

第二天天一亮，外面就传来了嘈杂的人声，我终于不再像昨天晚上那样萎靡不振，想着洗个脸也许能精神一些，于是拿起毛巾走下楼梯，向盥洗室走去。盥洗室旁边就是浴场，我仔仔细细地又检查了一遍，结果还是没有发现任何异常。

我洗漱完，回到房间，打开面向湖边的纸门，一头栽进那扑面而来的清新的空气中！我放眼望去，远处是平静如一匹绸缎的湖面，慢慢在湖面铺开的阳光，呈现出一片波光粼粼的胜景。再往远处看，背向阳光的山在湖面留下了一片黑黑的阴影，与交接在一处的湖面的银色，互相辉映，不胜精彩，再加上凭空洒下的一抹朝霞，愈加如梦如幻。我习惯赖床，因此虽然在这里住了也有一段时间了，但是如此美景，我还真是第一次看到！我忽然想到，眼前美景如此，昨晚的荒唐经历显得多么可笑和无知！

“您起来了？这么早！”

来给我送早餐的女佣，语气生硬地问我，语调毫无起伏。我没有一点儿食欲，但还是决定坐下吃一点儿。神清气爽的我，心情变得好太多了！拿起筷子的时候，我突然觉得何不再确认一下昨晚的事情呢？

“我昨晚隐隐约约听到浴场那边有些不正常的声音，你们听到没有？是不是发生什么大事了？”

我假装只是随便一问。然后，我又各种旁敲侧击，但是女佣似乎什么都不知道。女佣说没有任何人受伤，附近的村子也没发生什么事。

如果真的有人受伤，不可能到现在都没有被发现。平素就数这些女佣消息灵通了，见她们都不知道，估计昨晚的事情真的是我的幻觉了。看来我是真的要认真考虑一下自己的精神状况了。

接下来，我还是待在房间里面，睡又睡不着，我只能坐着傻傻发呆。

过了一会儿，我的房间来了一个访客，就是我在前面说过的那个年轻人。他也住在这个旅馆，名叫河野。这个人可是这个故事的主角，因此有必要好好将他介绍一下。

我也是来到这里才认识河野的。我们在浴场和湖畔遇到过好多次。我发现他像我一样，也是一个性格内向、天生懦弱的人，因为他也是常常坐在某地呆呆地望向一个地方。很偶然的一个机会，我们打了个招呼，从此就认识了。慢慢地，我才发现我们之间其实有很多相似之处，比如比起在人群之中高谈阔论，我们更喜欢一个人静静地待着思考问题或者进行阅读。也许是因为这个原因，我对他颇有好感，我们因此慢慢地熟络起来。唯一不同的人，我是个虚无主义者，而他更切合实际。比如，面对人际关系，他时常抱有一种切切实实的期待。单从这一点来讲，我觉得他是一个怪人。

当然，我们从事的职业也不一样。他是一个油画家，但是从他的穿着打扮来看，他的经济状况应该不是很好。经过详谈，我才知道了他一边卖画一边到处流浪的生活状态。老板安排给他的房间是走廊尽头最不方便的那个房间。我也不知道是什么原因，此前他多次造访H山，因此他对那里特别熟悉。这一次，他先在山下的Y町住了一些时日，然后于我到来的前几天住进了湖畔亭旅馆。他的生活就是一边旅行，一边了解各地风土人情，因此他知道的奇闻逸事特别多。外出旅行期间，他随身带着很多书，以供闲暇之时解闷儿。他常常翻阅的那几本艰涩难懂的书，都快被他翻烂了。

对河野的介绍就是这些了，是不是有点儿生硬？接下来，我们来看看他那天早晨到我房间来访的情形吧。

“你脸色怎么这么难看？”他进到我的房间，看了我一眼后，非常吃惊地问我。

我佯装镇定地回答说：“我一夜没睡。”

“失眠了吗？真是同情你。”

然后我们就东一句西一句拉家常，聊一些毫无意义的话题。很快，我就忍受不了我们之间的那种毫无意义的谈话了。河野见多识广，但他聊的话题，我完全没有兴趣，主要的原因是昨晚的事情仍在我面前不断上演。就在我焦躁不安的时候，我突然想到，要不要把昨天晚上的事情告诉他呢？也许他有什么好的办法呢！我的直觉告诉我，他一定能理解我的，我和他的沟通一定会非常顺利。于是，我便将所有的一切都告诉了他，连同我偷窥的秘密。说到我的偷窥怪癖的时候，我真是羞愧难当！也许是因为河野是一个特别善于倾听的人，我在诉说的过程中完全忘记了自己一直以来胆小怕事的性格。

十一

我明显感觉到，河野对我所说的非常感兴趣，尤其是对于我的偷窥怪癖，他更是兴致异常。

“你说的镜子在哪里？”他好像对我的偷窥装置特别感兴趣，连忙问我。我于是拿开盖在镜子上的外套，给他看。

“原来如此！果真精妙！”他无比佩服，禁不住上前观赏起来，“是的，这里面果然能看到更衣室内的情景。如你刚才所说，你如果看到的是幻觉，那也未免太真实了。可是如果那个女人——那应该是个女人吧——受了重伤，到现在都没有被人发现，是有点儿不太对劲。”

忽然，他又说道：“但是，这也不是没有可能。如果那女人只是受伤，到现在没有人发现，确实非同寻常。但是如果那女人已经死了的话，这一切就解释得通了。如果那女人死了，凶手将尸体隐藏起来，再将地上的血渍擦拭干净，很难有人发现啊。”

“但是，凶案发生的时间是十点三十五分。之后很快，我就到浴场去查看了，大约是五六分钟之后吧，在这么短的时间之内，凶手有时间隐藏尸体并清理现场吗？”

“具体情况具体对待吧！也不是完全没有可能啊，”河野略有所思地说道，“算了，我就不瞎猜测了，咱们还是到现场再去查看一下吧。”

“可是，”我十分坚持地说道，“到现在为止，旅馆里也没有人失踪，所以咱们现在认定那女人已经死了，好像也不太符合常理。”

“这很难说。你要知道，昨晚旅馆里来了很多客人，状况有点儿混乱，很多人并没有留宿在这里，因此即使有人失踪，到现在还没有被发现，也很正常啊。昨天晚上才发生的事情，到现在还没有人报失踪，这完全有可能啊。”

其实对我来讲，我觉得没有必要再去浴场里查看了。但是对于河野来讲，不去查看一下，他的好奇心是不可能得到满足的。于是，我们起身去浴场。

来到浴场的更衣室之后，我关上了门。我又仔细查看了一下那近乎奢侈的浴场更衣室以及铺在地上的木质地板。河野的眼神非常犀利，他环视了一下四周之后，坚定地说：

“这里每天一大早就会有人来打扫的，即便地上有血渍，如果已经擦拭过的话，很难用肉眼辨别出来的，”但是很快，他就发现了异常，“真奇怪啊！你看，这块垫子往日里都是放在出入口处的，这时候怎么摆在镜子前了呢？”河野一边说着，一边用脚将那棕榈制成的地垫移到了它原来的位置。

“这是什么？”

河野突然惊叫一声。我随着河野的眼神看去，发现镜子前的地板上，有一处两尺左右的污痕。很容易分辨，哪怕只是看上一眼，也很容易看出，那是擦拭过的血痕。

十二

河野从和服的袖子里拿出一块手帕，狠狠地在地上那块有血渍的地方擦拭了一会儿。虽然那块血痕已经被擦拭得相当干净，但还是在河野的手帕上留下了一点儿面积虽小却很明显的红红的痕迹。

“很明显，这就是血渍，就是血，不是墨汁或者其他颜料。”河野一边说着，一边继续观察更衣室。

“你看——”河野好像又发现了什么。

我顺着河野所指的方向看去，除了被垫子盖住的地方留有血痕，还有好些地方留有疑似血渍的痕迹，比如柱子和墙壁的下方，比如地板的其他地方，只不过因为擦拭得比较干净，几乎已经看不出来了。我可能是过于紧张了，脑子里充满了“这是血渍”的想法，以至于将看到的所有斑点都当成了血渍。根据我们发现的血渍的轨迹，我们判断受伤者或者死者肯定进去过浴场里面，不仅仅是在更衣室，但是接下来她去了哪里？或者是被人搬运到了哪里？那就无从得知了。浴场里有热水源源不断地冲刷着地面，因此我们完全无法判断。

“先通知前台吧。”河野坚定地说道。

“好的，”我明显有点儿难为情，又加了一句，“但是，我偷窥的事情，请你一定要为我保密。”

“但那是最为直接的证据啊。也只有从你这里才能证明，受害者是一名女性，凶器是一把短刀。”

“即使这样，我也还是恳请你一定要为我保密，我不仅仅是怕丢人，更担心人们知道我的偷窥装置以后，会将我和这件凶杀案联系在一起。再说了，这里的血渍已经能说明一切了，这就是最直接的证据。即便没有我的证言，警察也会立案侦查的，一定能够顺利破案，所以请你为我保密。”

“那好吧，我替你保密。那我先去前台告诉他们了。”河野说完，直奔前台。

我怔怔地待在更衣室里，茫然地望着周围的一切。我想，这下可好，要出大事了。现在终于水落石出了，我昨晚看到的根本不是什么幻觉，而是真真切切的事实。这里发生了一件凶杀案。

很明显，根据地板上留下的这些血痕，被害人应该已经死亡，河野的猜想也许是正确的。但是尸体在哪里呢？被杀的女人是什么身份？杀人的男人——应该是个男人吧——又是谁？旅馆里至今安然无恙，那说明住在这里的人并没有人失踪。那么，谁会将人带到这里并将其杀害呢？我越想越想不通，脑袋里一片混乱。

很快，我听见走廊里传来了一连串杂乱的脚步声，旅店老板、前台的负责人以及女佣等人鱼贯而入，整个浴场一时间充满了各色人等。

“二位先不要张扬，我们旅店一直以来口碑都特别好，如果这种事情传扬出去，我们就只能关门了。”体型庞大的旅馆老板一进门就迫不及待地这样拜托我们。

“这哪是什么血迹啊！不过是有人不小心将什么液体倾倒在了这里，什么杀人案，简直是胡说八道！再说了，根本没有人听到什么动静，也没有人报失踪！”旅馆老板看了一下地上的血迹说道。然而，他虽然极力否认，但是终究感觉不太正常，于是回转头问女佣：“今天早晨是谁打扫这里的？”

“三造。”

“赶紧把三造叫过来。对了，别大声嚷嚷啊，悄悄地把他叫过来就行了。”

三造是旅馆里烧洗澡水的下人。很快，他被一个女佣带进了更衣室。三造生性老实，看上去愣头愣脑，他进到更衣室后，一副紧张兮兮的模样，看上去他好像就是杀人凶手一样。

“你打扫的时候，没有看到这个吗？”老板生气地朝三造大喊一声。

“完全没有看到啊！”

“那这里是你打扫的吧？”

“是的。”

“那你怎么没有发现这里的污痕呢？你打扫的时候一定没有掀开这里的垫子打扫对吧？你怎么总是这样马虎呢？真能偷懒……算了，你昨天晚上听见什么动静没有？你一直住在隔壁的，如果这里有什么动静的话，你应该是第一个知道的。”

“好像没有听到什么怪声。”

“确定没有听到？”

“没有。”

这就是当时的情况。让人不舒服的是，老板面对我们的时候，点头哈腰，一脸笑容，但是面对下人竟如此蛮横，我着实没有想到。但是话又说回来，三造的态度为什么那么令人生疑呢？

十三

接着，大家围绕“那到底是不是血迹”的话题争论不休。旅馆老板担心旅馆声誉，极力主张不要将此事大肆宣扬，但河野则持有相反的意见，到最后他们竟为此争吵起来。

“你这人好生奇怪，那不知是什么液体倾倒在地上了，你愣要说那是血迹！你这不是故意难为我们吗？”

旅馆老板看上去非常恼火。

事情发展到这种地步，我不由得担心甚至害怕起来。我十分担心河野一气之下说出我那个奇怪的偷窥癖好。我相信，即使这个老板再怎么难缠，只要他听到我的证词，也不得不接受现实。

不知道是幸运，还是不幸，就在我备受煎熬的时候，一名女佣慌慌张张地跑了进来。实际上，这个时候所有的女佣都已经听说了浴场更衣室里面的争吵。大家都显得十分紧张。

“大老爷，不好了，中村家来电话说长吉到现在都还没有回去。”那个刚跑进来的女佣上气不接下气地说。

这个消息来得虽然突然，但也正是时候，现场气氛一下子变得异常诡异。旅馆老板一下子着急起来。

长吉是山脚下的小镇里的歌伎，昨天晚上被旅馆老板临时找来应一时之需。也就是说，长吉昨晚确实来过，但是直到现在人还没回去。中村家以为长吉留宿旅馆了，由于这种事情也是稀疏平常的，所以昨晚并不是特别担心，所以直到现在才打电话来询问情况。

“不对呀！我们送那一批客人走的时候，长吉是和大家一起上了车的呀。”

面对严厉的老板，前台管事的掌柜紧张地回答道。但是很明显，他对自己说的话并不是很确定。

这个时候，聚集起来的人越来越多了。老板娘得到消息也来了。女佣们围成一堆窃窃私语地讨论昨晚上到底有没有看到长吉。她们有的说看到了，有的说没看到，到最后竟然连叫长吉的这个歌伎究竟来没来过湖畔亭旅馆都变得不确定起来。

“她来过，我确定，昨晚大约十点半的时候，我拿着酒壶路过二楼走廊的时候，看到长吉从十一号房间里跑了出来。我当时十分疑惑，点长吉的不是宴会厅的客人吗？长吉好像怕什么人追到她一样，飞快地从我身边跑了过去。”一个女佣非常确定地说道。

“是的，我也看见她了，”另一个女佣接过了话头，“我当时正在盥洗室，十一号房间的客人忽然跑过来劈头盖脸地问我有没有看到长吉，他语气非常凶。他问完我以后，还特地跑进洗手间察看了一番。我当时就感觉不对劲儿，所以印象十分深刻。”

听到这里，我忽然想起了什么，连忙问道：“你们所说的十一号房间的客人是不是两个身穿西服、手提皮箱的男人？我昨晚看到他们离开了啊……”

“就是他俩，他们每人提着一个巨大的行李箱。”

接下来的时间里，大家又围绕十一号房间的那两个男人展开了讨论。前台的掌柜这时候也想起来了，他说那两个人根本没有提前通知说要退房，突然就拿着行李下楼说要退房，付完房费，连车都没有叫，就匆匆忙忙离开了。

不过湖畔的村子里有公交车，如果愿意付钱，即使在规定时间之外，也是可以接送人的。或许那两个人就是去那边乘车离开的。但是不管怎么说，他们离开时的慌张模样，真的是不怎么正常。这样一来，他们真的太可疑了，我亲眼看见了他们离开时的惊慌失措，前台掌柜也觉得他们的离开很不正常。长吉无缘无故失踪，浴场更衣室里莫名其妙的血渍，这些信息混合在一起难免不让人浮想联翩。那两个男人离开的时间和我从镜子里看到凶杀案发生的时间相差无几，这很能说明问题了吧。

十四

旅馆老板还是不太想张扬此事，他说自己身为这家旅馆的老板，一定会将此事弄个水落石出。然后，他要求我们各回各的房间，并且一再拜托我们，在没有定论之前，大家不要胡乱猜测，更不要大肆宣扬此事。河野和我一直认为，如果我们再坚持己见，一定会招来老板的厌烦，所以暂时不再深究此事，决定先回房间去。

我十分担心我的偷窥装置被大家发现，但是我实在没有办法在大白天去把它拆下来。

“没事的，正好我们可以从这里看看他们要干什么。”河野完全无视我的担心和忧虑，居然拿下盖在镜子上的外套，又聚精会神地看起来。

“这装置实在是太奇妙了！你看，旅馆老板那一张布满横肉的脸看得一清二楚！”

我凑上前去，果然如他所说，旅馆老板肥胖的大脸占据了镜子的三分之一，嘴巴一张一合，好像正在说着什么。

我之前说过，那镜子里的世界如同水底世界，我们看到的景象表面有一种浑然天成的浑浊感，然而正是这样，使得那画面凭空增添了一种异样的诡异气氛。对于昨晚发生的事情，我的恐惧感仍然隐隐藏在心里，现在看到老板的脸，总感觉那很像一张麻风病人的脸，并且随时有可能淌下血来。我越想越觉得自己不敢正视那画面。

“对于这件事，你是怎么看的呢？假如长吉真的失踪了，那么十一号房间的那两个人嫌疑最大。其实，关于他们的情况，我多多少少了解一些。他们是四五天前住进来的，平时很少外出，虽然有时候也叫歌伎来娱乐，但是一般都是安安静静的，很少大声喧哗。总之，他们确实很神秘，不知道他们一天到晚在房间里干什么。”河野忽然抬起头说了这么一通话。

“他们为什么要杀害一名艺伎？并且，假如长吉真的是被他们所杀，长吉的尸体哪里去了？”我一边极力控制自己内心的恐惧和担忧，一边回应河野。

“扔进湖里了？或者……他们的行李箱？”

我心里一惊，该怎么回答呢？我说："他们的行李箱虽然普通，但确实够大。"

听我这么一说，河野用一种奇怪的眼神看向我，好想在暗示什么似的。也许，他和我一样，都联想到了同一件事情。我们默默地对视了一下，毕竟彼此心照不宣的事情非常可怕，所以谁也不愿意将它说出口。

"但是，普通行李箱要想装下一个人还是有些困难的。"河野沉默一会儿之后，突然说了这么一句话，同时他的下眼皮像是痉挛般地抖动了一下。

"不谈这件事了，凶手是谁——不，有没有发生凶杀案到现在都还没有确定呢！"

"你嘴上虽然这么说，但是我知道你心里和我的想法是一样的，对吧？"河野说。

再一次，我们陷入了沉默。

把尸体一分为二装进两只行李箱，这血腥的场面真的不敢想象。也许，他们真的是神不知鬼不觉地在浴场里做的这一切，比如淋浴间，流再多的血都会被源源不断的水流冲走的，最终会流进湖里。那么，他们真的是在浴场里分割了长吉的尸体？真的不敢想，我的后背好像挨了一斧头，一阵麻辣辣的感觉袭上心头。如果真是这样，他们是用什么工具分割的尸体呢？预先准备好的凶器？还是随手找到的一把斧头？一个人在门口放风，另一个人在淋浴间举起斧头对准了妖艳的女尸？

你也许会嘲笑我的神经质，但是现在想一想，当时那血淋淋的一幕好像真的发生在我眼前一样，不可思议！

当天下午，中村家通过各种渠道寻找长吉，依然毫无结果。除了附近村里派出所的巡查已经参与搜寻，山脚下的小镇的警察局长和一帮刑警也都陆续赶到了湖畔亭旅馆。湖畔亭旅馆发生命案的消息很快传遍了附近的村子和小镇。湖畔亭旅馆外看热闹的人一拨又一拨赶来，一拨又一拨退去。这一下，旅馆老板的一番想要息事宁人的心血算是白费了，这件事情很快在当地传得沸沸扬扬。

我和河野作为案件最早的发现人，遭到最严格的询问。河野先向警察不无详细地讲述了一遍在更衣室发现血迹的过程。而后，我又在警察面前将河野的话重复了一遍。

询问结束后，警察局长好像突然想到什么似的，问道："你们当时是去更衣室干什么？当时连热水都还没烧好呢，你们去那里干什么？"

听此一问，我十分吃惊，心里不由得紧张起来。

十五

我现在担心的是，假如我没有坦承一切，是否会在日后导致不可挽回的结果？或者我会不会因为隐瞒一些事情被警方确定为嫌疑人？如果这样来看，我是不是讲出我的偷窥行为更好一些呢？但是一想到湖畔亭旅馆的人一旦知道我偷窥了他们以后将会做出什么反应，我又退缩了！我该怎么办呢？我终究无法战胜我的懦弱，我的羞耻心让我又一次撒了谎：“我早上起来洗漱的时候，发现我的肥皂不在了，我以为丢在更衣室了，于是想到更衣室找一下，结果并没有找到，但是却发现了地上的血迹。”

我一边这样说着，一边不断地向河野使眼色。我真的担心他一不小心说出我的偷窥行为，我希望他能替我保密，能应和我的谎言。当然，机敏的他立刻领会了我眼神里的意思。

然后，旅馆老板、前台的掌柜、女佣、下人一干人等接连被警方叫去问话。实际上，由于检察官尚未到来，这时的问话还是临时的问询，并没有清场，就是在隔壁的杂物间进行的。站在一旁的我，将那些问话听得清清楚楚。

河野根据我无言的拜托，为我圆了谎，我悬着的心终于可以放下了。旅馆老板那一帮人的问话，并没有什么新鲜内容，都是我已经知道的。不出所料，警方也将昨晚离开的那两个男人当成了嫌疑犯。

警方对犯罪现场做了认真仔细的勘察。我和河野作为最早发现案情的人，也被允许参与警方的现场勘察工作。一名经验丰富的老刑警一见到地上的痕迹，就立刻断定那是血迹。

为慎重起见，警方根据检察官的要求从地上取了适量的血迹送到当地医科大学做了检验，结果证实：那的确是人类的血迹，而不是动物血迹。当然，这是我后来才知道的。

根据地上的痕迹，经验丰富的刑警做出了这样的判断，受害人出血量非常大，应该已经死亡，并且嫌疑人是在浴场的淋浴间里处理的尸体。这些与我和河野这两个门外汉的判断几乎一模一样。

为了寻找凶器或者其他证据，警方对浴场周围也进行了仔细勘察，并且对十一号房间进行了严格的搜查，但是没有找到任何有价值的线索。

至于被害人——也许只能称为嫌疑被害人——长吉的基本情况，我们也是从闻讯赶来的她的雇主中村家的老板娘嘴里得知的。中村家的老板娘就像说八卦一样说了很多关于长吉的情况，但是并没有任何与本案直接相关的线索。

长吉是一年前从同一个区的小镇上转到中村家里来工作的。此前的情况先不说，单说来到中村家之后，长吉的行为没有任何反常之处。如果说长吉这个人有什么特点的话，那么可能是她阴郁内向的性格。在感情方面，她好像没有比一般熟客更亲密的对象。

“昨晚这里有宴会，需要歌伎，长吉和另一个歌伎过来的，她们是晚上八点左右出发的。她们出门的时候，我没有发现她们有什么反常之处。据说，宴会上也没有发生什么异常的事情，不是吗？”老板娘最后这样说道。

接着，警察局长针对长吉和十一号房间的两个男人之间的不愉快，询问老板娘是否知道一些情况。此时，警察根据两个男子在前台所做的登记信息已经弄清楚其中一个男子叫松永，另一随从模样的男子叫木村。但是，中村家的老板娘并没有提供有价值的线索，只是说那个叫松永的男人曾找过长吉两三次。很快，根据旅馆前台掌柜的证言和昨晚与长吉同来的歌伎的证言证明，长吉和十一号房间的两个男人之间的关系仅限于陪酒关系。

十六

最后，警方整个询问过程得到的所有信息并没有超出我和河野所猜测的范围。事实上，由于我和河野隐藏了我的偷窥行为，所以警方得到的关于案件的信息甚至没有我们多。比如凶案发生的时间，我们知道凶案发生的确切时间是十点三十五分，但是警方只能根据女佣提供的曾在走廊里遇到长吉的信息推断长吉遇害的大致时间。

随后，警方决定先搜寻松永的行踪。然而，当时警方并不确定更衣室里发生了杀人案，只是根据更衣室地上的血迹、长吉的失踪以及十一号房间的两个男人的匆匆离开这几个事实大致推断这里发生了杀人案。但即使这样，搜寻十一号房间的那两个分别叫作松永和木村的男人仍然被警方列为首要任务。

河野认识村里的巡查，后来我们通过这一渠道实时掌握了警方的搜寻进展和案件的侦破进度。警方在湖畔亭的问询结束之后，立马着手进行十一号房间房客的追踪工作，但是并没有什么结果。

警方根据我和旅馆掌柜提供的那两个男人身穿西服及手提行李箱的特点，在附近村镇展开地毯式搜查，但是毫无结果。附近村镇上的人根本没有见到过身穿西服、手提行李箱的人。总之，那两个人就像从人间蒸发了一样。

实际上，松永的外形特点还有体态肥胖以及人中部蓄了一撮小胡子。假如他们将行李箱丢掉，换一身衣服，再精心乔装一下，成功潜逃并不是不可能的事情。

那两个男人在逃亡路上最大的麻烦就是那两个行李箱。他们一定是在路上将那两个行李箱处理掉了。警方当然也考虑到了这一点，因此搜索条件一再放宽，但是仍旧没有任何结果。

后来，警方大量雇用熟悉当地地形的村民进行搜寻，将周围的山区搜了个遍，就连湖面靠近岸边的浅水区——湖水很干净，泛舟湖上，靠近湖岸的浅水区的湖底清澈见底——也仔仔细细搜查了一遍，依然毫无收获。如此情况下，人们心里都有了这样一个念头，这起案件可能永远结不了案了。

但是，我以上所讲只是大家都知道的情况。实际上，在这些表面情况之下，也发生了一些事情，而且这些事情着实令人费解。

这还要从命案发生的第二天——也就是警方在湖畔亭旅馆对我们一干人等进行了认真问询的那天——说起。虽然我的偷窥行为没有被发现，我的偷窥装置也因此逃过一劫，但是我心里还是异常紧张，因此我决定当天晚上趁月黑风高之际，去将我的偷窥装置拆下来，然后不声不响地将其销毁。于是，天黑以后，我坐立不安地等待着大家赶紧入睡。

警方对浴场周围进行勘察的时候，我紧张得后背直冒冷汗。虽然有树荫遮掩，但是只要有人走到那里朝上面稍稍一看，那个灰色的圆筒一定会露出马脚。

庆幸的是，当时警察的注意力都在地上，想看看嫌疑人有没有留下脚印或者其他遗留物，完全没有注意头顶的任何情况，所以我的偷窥装置才得以在那危险的一刻没有曝光。

但是我很清楚，警方的搜寻肯定会接二连三地到来，并且会越来越仔细，我不可能一直这么侥幸。因此无论如何，我必须在当天晚上将其拆掉，否则的话我的恐慌就不能停止。

因为凶杀案的关系，当天晚上的旅馆气氛异常，到处好像都吵吵闹闹的，一直到晚上十二点过后，人们才陆陆续续回房睡觉，旅馆也才安静下来。而我还想更谨慎一点，想再等一会儿，等人们确实熟睡以后再动手。在等待的时间里，我不时朝镜子看去，留意着更衣室的动静。我终于决定要爬出窗外去拆掉它了，临行前，我不经意间朝镜子看了一眼。谁知这一看让我吃惊不已，我看到一个东西在镜子里慢慢蠕动。

是的，我没有看错，那是一个男人手部的特写，和昨晚我看到的那个男人的手一模一样，手背上有一道类似疤痕的黑色印痕。那只手不管是粗壮的手指，还是硕大的手掌，都和我昨天晚上看到的那只手一模一样。但是它只是一晃而过，等我缓过神来的时候，它已经从镜子里消失了。我断定，那不是我的幻觉，我确确实实看到了。我惊呆在原地，半天不曾动弹，只是用眼睛紧紧盯着那空空如也的镜面。

十七

我从惊呆的状态中回过神来后，立马拔腿跑向浴场，但是更衣室空无一人。因为刚刚发生过命案，浴场里连洗澡水都没有人烧了，没有人再来浴场了，这更让整个浴场陷入一种恐怖的氛围。那样的境况下，唯有地上那一摊已经与地板融为一体的血迹成了我关注的东西。

我静静地站着，竖直了耳朵想要听到一点儿动静，但是事与愿违，整个旅馆悄无声息，估计除了那个手上有伤痕的男人，其他人都已经进入梦乡。

从我在镜子里看到那只手到我跑到浴场，其间没有经过多长时间，我相信那个人一定藏在附近的某处看着我。想到这里，我不由得紧张起来，胸口憋闷，于是我赶紧向浴场外跑去。

我能怎么办呢？即使回到房间，我也平静不下来啊！难道我能叫醒旅馆的工作人员，告诉他们我发现了嫌疑人？如果我不坦白我的偷窥行为，他们会相信我说的话吗？想到这里，我似乎有点儿后悔，我还不如在警察询问的时候就将自己的秘密和盘托出。

一切都无济于事了，眼下的首要工作是找个人商量一下该怎么办，至于拆除偷窥装置的事情可能得往后放一放了。惊慌失措的我决定去寻求河野的帮助。我毫无顾忌地叫醒了已经睡下的河野。为了避免惊醒其他人，我尽可能把声音压低，然后把我刚才遭遇的一切都告诉了他。

“这就奇怪了！凶手为什么要回来呢？他回来干什么呢？”河野显得非常吃惊，“另外，你只是看到了一只手就非常确定那是凶手？你是怎么做到的？”

听到河野这么问，我才发现自己竟然没有将凶手手上有一道类似伤痕的痕迹的细节告诉河野。与此同时，我忽然想到那个叫作松永的男子或者他的同行者手上有没有伤疤并不确定，因而确定他们为嫌疑人还缺少这么一个证据。想到这里，我深感羞愧，这么重要的线索，自己怎么就忘得一干二净了呢！

“是这样啊，原来还有这么一个细节啊。”河野显得异常惊讶。

“嗯，应该是右手，上面有一道这样的伤疤。”

“但是，如果你今天确定没有看错的话，那就真的奇怪了，”河野的口气中带着一层怀疑的意思，“别说旅馆的工作人员了，我连留宿这里的房客也都观察了一遍，我没有看到谁的手上有那样一个印痕。据我自己的观察，我觉得那个叫作松永的男子以及他的随从手上也没有这样的伤痕。你不会是看错了吧？你不会是将留在手上的阴影当成伤疤了吧？”

“不可能的，那绝对是手上的印痕，阴影没有那么深。就算不是伤疤，那也应该是别的什么痕迹印在手上了。我感觉自己没有看错。”

“照你这么说，这可算得上是一条重大的线索。这样看来，案件越来越离奇了啊！”

“现在又发生了这么个事情，我更加担心我的偷窥装置了。我想现在就去将它拆下来。但是我担心杀人犯就埋伏在附近，我真的很害怕。”

“你难道要一直隐瞒下去吗？你看到的可是重大线索。想到你能将这么重要的秘密告诉我，我还是很感激你的。其实，我想自己侦破这个案件。听到我这么说，你也许会觉得很奇怪，但是我一直以来就对破案很感兴趣。”

听到河野这么说，我忽然闪过这样一个念头，河野之所以要帮我隐瞒偷窥镜的秘密，其实是想将它据为己用。接着，他自告奋勇要帮我将偷窥镜拆下来。

这时候去拆我的偷窥装置实际上是相当危险的。虽然不用担心被旁边的人发现——因为隔壁房间都没有人住，但是那个手上有伤痕的男子肯定还在附近，他正在找机会对我们下手也说不定呢；另外警察也很可能已经在附近设防。

我们顾不得别的了，还是决定去拆除那装置。我们像猴子一样攀着树干往上爬，边留意着周围的动静，边一步一步靠近目标。

我的那些纸筒装置固定的位置非常少，固定方式也很简单，短时间内拆除并不难。很快我们就顺利完成了拆除任务。就在我们准备沿原路返回房间的时候，我突然听到河野用低沉但十分有力的声音喊了一声："谁？"

我赶紧掉转头看，原来在庭院另一头的一个角落里——也即靠近湖水的岸边蹲着一个明显的黑影。

"谁在那里？"河野又喊了一声。

也许是因为受了惊吓，那个黑影迅速站起身来，将身体藏在了建筑物后面，然后又一溜烟儿跑远了。那里并没有围墙，只要沿着河边跑，想往哪里跑就往哪里跑。我怔在原地的时候，河野猛地从屋顶跳下去，迅速追了上去。

事情发生得太快了，就是那一瞬间的事情，逃跑者和追赶者就消失得无影无踪了。

可以说，我吓了一大跳，我趴在屋顶，久久没有回过神来。我想我当时的状态应该十分可笑。良久，我突然想到，河野从屋顶跳下去的声音也许会将人吵醒。万一如此，我还是尽早回到自己的房间更安全一些。否则的话，我手里奇形怪状的圆筒要是被人发现了，那就坏了，我一切努力都将付诸东流。这还不算，如果被人发现我半夜三更趴在屋顶，那我跳进黄河也洗不清了。

于是，我赶紧回到了自己的房间。我将我的偷窥装置装进行李箱的底部之后，以最快的速度钻进了被窝。我静静地等待着庭院里传来各种嘈杂声。然而，好久之后，我没有听到任何声音。看来是一场虚惊，并没有人被惊醒。

我终于可以放心了，但是想到河野的时候，我又紧张起来，他应该能安全回来吧。

"我没有追上他。"没过多久，一阵树叶沙沙作响之后，河野出现在我的窗口。河野一进到房间，就迫不及待地向我报告他的追踪结果。

"他跑得太快了。我追丢了。不过，我捡到了一个东西。你看看，这也许是意外收获呢。"

十八

“你看，我捡到的就是这只钱包。”河野一边说话，一边无比小心地从自己的怀里取出一个东西。

我仔细一看，原来是一个看上去相当高档的对折式钱包。那钱包装饰挺奢华的，尤其是那黄澄澄的金属零件。钱包看上去鼓鼓的，里面肯定装满了东西。

“天太黑了，我完全没看清楚那家伙的脸长啥样。浴场后面那里有路灯的地方，我在地上看到了这个钱包。我觉得肯定是那家伙慌里慌张逃跑的时候，不小心掉在地上的。”

我们俩都对这个钱包充满了好奇。当我们把钱包里的东西拿出来的时候，我们都惊呆了。钱包里装的全是钞票，并没有我们原以为的名片或者某人的身份证件。更让我们吃惊的是，那些钞票全都是崭新的甚至能割伤手指的十元纸钞。我们数了一下，大约有五百元。

“这么看来，刚才那个黑影极有可能是十一号房间的房客。看上去，也许只有他身上才可能随身携带这么多钱。”我说道。我的脑袋里各种想法交汇在一起，有点儿乱，但在那一瞬间，我只能得出这看上去可能性最大的结论。

“那可真的太奇怪了！假如他就是凶手，那他还回来干什么呢？看他慌里慌张逃跑的样子，我感觉他肯定不是警察，至少是与案件本身有关的人。但这真的很不符合常理，他到底回来干什么呢？”河野有点儿想不通。

“那黑影的长相，你一点儿都没看见吗？”

“嗯，他一下就溜掉了，感觉像只飞过黑暗的蝙蝠。我会有这种印象，一定是因为对方穿着和服。他应该没戴帽子，身材看起来很魁梧，又好像很娇小，实在太不可思议了，我的印象很模糊。他沿着湖畔跑到庭院外头，应该跑到对面的森林里去了。那森林很深，就算追进去，也找不到人的。”

“那个提着行李箱的松永，身材比较肥胖，你感觉那黑影的体形像不像他？”

“我不是很清楚，但是从外形上看，我感觉不是很像。事到如今，我的直觉告诉我，这起案件的很多细节——我们知道的那些细节，除了我们之外，好像还有我们都不知道的第三者是知情者。”

河野好像是在暗示我什么。我感到后背直发凉。也许是被河野的情绪感染了吧，我感觉他说的很有道理。难道这起案件背后还有更大的阴谋？

“连脚印也没留下吗？”

“有这种可能，你要知道，这几天天气十分干燥，而且刚才他蹲着的那个地方长满了杂草，怎么可能留下脚印？”

“如此看来，我们手上的这只钱包便是唯一的线索了。我们如果能找到它的主人，也许一切就水落石出了。”

“你说得没错，明天天亮之后，我们出去打听一下，说不定会有收获。”

接下来的时间，我们围绕这钱包展开了各种讨论。我就像是一个正在听鬼故事的小孩一样兴奋不已。而河野则完全不一样，他对于侦破案件确实很有见解。他针对这起案件发表的各种意见，显示出他确实在这方面有特殊的判断和敏锐的视角。

案件发生到现在，我们成了最有可能侦破这起案件的人，因为我们所掌握的各种证据是警方没有掌握的，比如我们通过偷窥镜得知凶手的手背上有个伤疤一样的印痕，还有今天晚上发生的追逐黑影的事件，以及我们得到的这个钱包——这很有可能是直接物证。想到这一切，我们不由得兴奋起来。

“如果我们能够亲自找到凶手，那将是多么幸福的一件事情啊！”我好像再也不用担心我的偷窥行为会被人发现了。我因此有些得意忘形，居然说出了这样一句话。这句话难道不是更应该从河野口中说出来吗?

十九

“那么，这个钱包就由我来保管吧！怎么样？明天天一亮，我就拿着它去打听一下它的主人到底是谁。”河野说完这句话，拿着那个钱包回自己的房间去了。这时，我看了一下时间，天已经快亮了。

我想，既然河野将所有的调查工作都揽到自己身上了，那我只需静候佳音就可以了。因此，我打算好好地睡上一觉。然而，也许是刚才我和河野谈话时过于亢奋了，当我和衣躺下的时候，翻来覆去怎么也睡不着了，并且脑袋里越是胡思乱想，越是睡不着。很快，天就亮了，走廊上传来了女佣打扫卫生的声音，我更睡不着了。

于是，我只好无奈地起了床。然后，我来到原来接偷窥装置的那个窗户，打开窗户，狠狠吸了一口新鲜空气。与此同时，我突然想到，我是不是应该好好检查一下，以确定我没有留下任何蛛丝马迹。也许是我太过疲倦了，以至于我的神经质好像又犯了，我一会儿觉得完全没有任何问题，一会儿又觉得我是不是在某个环节有重大疏漏，我甚至为此担心起来。好在经过一番仔细的检查之后，我发现完全是自己多虑了，没有任何问题，我连安装偷窥装置的细铁丝都拆得干干净净，没有留下任何痕迹。我终于可以放心了。

接着，我望向昨晚黑影出现的地方。其实，那里离我所在的位置有一定的距离，我完全看不清楚，但是我非常相信河野说的话，那个黑影应该没有留下脚印。

但是，也许某些松软的地方会留下一点儿脚印呢！我脑海里突然闪过这样一个念头。是啊！河野那样卖力地追查凶手，那样卖力地在侦破案件，我怎么能按兵不动？另外，出去走一走或许会让我由于昨晚一夜没睡而隐隐作痛的脑袋得到稍许的缓解呢！说到做到，我连脸都不打算洗了，慢慢穿过走廊来到中庭，然后又慢悠悠地装作外出散步的样子，很快便来到了浴场后门的那条小路上。

果真如河野所说，这里的土地非常坚硬，稍微松软一些的地方则长满了杂草，很难留下脚印。但是，我并没有放弃，继续沿着湖边朝着庭院的尽头慢慢走去。

结果，在那环绕庭院的杉林里，我遇到了一个人。开始的时候，我真的是吓了一跳。在这样的清晨，在这样偏僻的地方，竟然能遇到人！当时，那个人正朝我走过来。我一度以为那个人应该就是昨晚的那个黑影，我胆战心惊之余其实已经做好了与其搏斗一场的准备。

但是，当那人走近我的时候，那哪是什么歹徒啊！分明就是湖畔亭旅馆浴场里烧洗澡水的三造。

“您早啊，嘿嘿嘿……”三造一看到我，便傻傻地和我打招呼。

“哦，你也早。”我回应道。就在三造从我身边离开的时候，我突然想到，这个人也许知道些什么呢。于是，我赶紧叫住了他。然后，我们两个便有一搭没一搭地聊起来。

“这两天不用烧洗澡水了，是不是清闲了很多啊！不过咱们旅馆这次算是碰上麻烦事了。”

“是啊，伤脑筋。”

“你那天晚上没有听到任何动静吗？”

“没有，真的没有。”

“那天晚上不可能没有动静啊。更衣室和你烧火的地方就隔着一道墙，而且墙上还有裂缝，你难道真的没有听到任何动静吗？”

“没有，真的没有。”三造的表情让我感觉他特别害怕和凶杀案扯上关系。其实从昨天开始，不管问他什么，他都没有什么实质性的回答。但是，不知道为什么，直觉告诉我，三造应该知道些什么，只是他不想说而已。

“你平时不是都睡在烧火的地方吗？”我没有放弃，又突然想起昨晚的事情，便继续试探性地问了一句。

“是的，我一般都睡在烧柴处旁边一个三张榻榻米大的房间里。”三造回答说，并用手指给我看。

我顺着三造手指的方向看过去，在浴场的后面，我看到一个小小的阴暗的房间，那是用来堆放柴火以及别的杂物的，里面有榻榻米，房间很简陋，门口连个纸门都没有，很像一个乞丐住的房间。

“昨天晚上你也睡在那里吧？”

“是的。”

“那么，昨天半夜两点左右，你有没有听见什么声音？我那会儿好像听到那里有奇怪的声音。”

“没有听见。”

“完全没有吵到你？”

“没有听见。”

但愿他说的都是真的，但愿昨晚那场精彩的追踪真的没有打扰到他。

看来，从他身上，我是得不到任何有价值的线索了，但是我真的不想离开，我盯着三造，仔细打量他。让我感到吃惊的是，三造好像也没有打算随即离开，傻傻地杵在原地，扭扭捏捏，看上去十分尴尬。

我还是第一次如此仔细地打量三造。我看见他上身穿着印有“湖畔亭”字样的破旧的开襟外套；下身是松垮垮的筒裤。让我吃惊的是，虽然穿着十分寒酸，但是三造的脸刮得十分干净，原来像他这样的人也会如此注意自己的形象。

这么说吧，他虽然是个粗人，但是这样简单修饰以后，倒是看着特别舒服。另外，我还特别留意了一下他那窄窄的额头上的美人尖。

二十

下意识地，我的视线最后落在了三造的手背上，我也许是想看一下他的手背上有没有我所熟悉的那一道伤痕——自从命案发生之后，这已经成为我的习惯，但是三造的手背上什么都没有。我虽然这么做了，但是我必须承认我从来没有怀疑过三造。

就在我这样盯着三造看的时候，我脑海里突然想到，这其中是不是有什么问题？从昨天开始，不管怎么问他，他都是一问三不知，难道是问的方式有问题？我想了一下，每一个问三造问题的人都问得特别笼统，比如都没有指明具体的时间点。实际上，那些提问题的人也不知道命案发生的时间。他们只是问那天晚上有没有听到什么动静，这样的问题其实很模糊，回答起来也将无所适从，只能笼统地回答。假若能指明具体的时间点，说不定能得到不一样的回复呢。

我决定一试。

“个人感觉命案发生的时间应该是晚上十点半左右。因为当时我好像听到浴场里有不寻常的声音，你没有听到吗？”我压低声音问道。

“十点半？”三造似乎想到了什么，表情也发生了相应的变化，“你说的是十点半吗？啊……或许……那个时间我好像并不在浴场，我在厨房吃夜宵。”

我进一步追问才弄清楚，原来三造的作息时间跟大家都不一样。因为工作关系，他晚上睡觉的时间特别晚，相应地，用餐时间也特别晚，他必须等到所有客人都洗完澡之后才能离开浴场去厨房吃晚餐。

“你只是吃个晚餐，能用多长时间？凶手在这么短的时间内能杀掉一个人？你再仔细想一想，你去吃饭前或者吃饭后有没有听到浴场里有什么奇怪的声音？”

“我真的完全没有注意到。”

“那你再仔细想一下，你去厨房之前或者回来之后有没有发现浴场里有人呢？”

“你这么一提醒，好像真的是有，我想起来了，我回来的时候，好像浴场里面是有人的。”

“你知道是谁在里面吗？你没确认一下吗？”

“没……”

“那你知道当时是几点吗？是十点半吗？”

“我也不太清楚，但是我感觉应该比十点半晚吧。”

“那你当时听到什么声音了吗？有冲水的声音吗？”

“听起来好像是在拼命冲水。但是按照我的经验，会那样冲水的，只有我家老爷。”

“你的意思是说，那个时候在浴场里的，是这里的老板吗？”

“好像不是。”

“好像？你怎么知道不是？”

“我感觉那咳嗽声听起来不太像。”

“这么说，你并不熟悉那个声音？”

“也不是完全不熟悉，我感觉那个声音听起来特别像河野老爷的声音。”

“河野？你说的是住在二十六号房间的河野先生吗？你确定是他？”

“嗯。”

“你确定吗？这事关重大，你真的确定那是河野先生的声音吗？”

“嗯，我听得很真切，应该是的。”

三造回答得如此肯定，反倒让我怀疑他说的话是否可信。他说话一贯模棱两可，但是他刚才的回答却如此肯定，这究竟是为什么？我想方设法问三造各种问题，想要帮他慢慢回想起当晚的事情。但他还是十分坚持当时在浴场里的就是河野，可他又不能提供确凿的证据，这并不能让我信服。

二十一

实际上，对于这起凶杀案，我的疑问就够多的了。这时，听了三造的话，我的疑问又加了一层。

浴场旁边有供像三造一样的工作人员出入的大门，三造的火房也有一个小窗口用以询问客人水温是否合适。假若三造就在火房里，那他对浴场里发生的一切都将尽在掌握，但是即使在这样的情况下，嫌疑人还敢在浴场里杀人，简直胆大包天！

也许吧，嫌疑人事先确定三造不在火房，所以才会那么明目张胆地行凶。但是，即便如此，三造吃一顿晚饭这么短的时间，嫌疑人是如何完成那一系列工作的？真是不可思议！三造回来的时候，嫌疑人还在冲水，也许他还不知道三造已经回来了。那么，当时嫌疑人是在冲刷地上的血迹吗？有可能吗？这也太恐怖了！

当然，更加不可思议的是，三造居然说当时浴场里的人是河野。假如这一切都是真实的，凶手不是别人，正是河野，那他那么努力要侦破此案又如何解释？贼喊捉贼？这起案件真是越来越扑朔迷离了。

我这次是真的有点儿倦了。我站在原地，在这前后矛盾的推理里寻找出路。

“你怎么在这里？害得我好一顿找啊！”

突如其来的声音吓了我一大跳。我抬起头，看到河野站在我的面前，而三造不知什么时候已经离开了。

“你在这儿干吗呢？”河野不解地问我。

“我想来看看昨晚那家伙有没有留下脚印，可是什么也没有发现。刚才那个烧开水的三造正好路过，我和他聊了一会儿。”

“哦，他说什么了吗？”见我提到三造，河野好像很感兴趣，连忙问我。

“他能说出什么正经的话来？他永远都是糊里糊涂的。”

接着，我将和三造的对话简单地给河野复述了一遍。但是关于他的那一部分，我并没有提起。

“别看那家伙傻傻的，但是说不定是个深藏不露的家伙，他的话还是不要相信的好，”河野这样提醒我，“另外，我已经找到那个钱包的主人了。那是旅馆老板的钱包，他说是四五天前丢掉的，一直在寻找，但就是没找到。我问他是在哪里丢的，他也说不清楚。后来，我有问过女佣和前台掌柜，都说那确实是老板的东西。”

“这么说，是被昨晚的那个家伙偷走的？”

“看上去应该是。”

“这样的话，昨晚的那个黑影和提行李箱的男人是同一个人吗？”

“不敢确定，但是如果真的是他的话，他都已经逃走了，为什么昨晚还特地回来……他回来是要干吗？出于什么理由要冒这么大的险？我真的想不通。”

后来，我们又交换了一下各自对于这起案件最新的看法，但是我们发现，发现的新线索越多，这案件就越是错综复杂。看来，这起案件注定将成为一桩悬案。

二十二

我突然发现，我现在真的被卷入这起杀人案里了。在拆下偷窥装置之前，我只想着赶紧逃离这个讨厌的地方。但是，现如今我的偷窥装置已安然取下，我不必再担心自己的安危了，但是我却不那么急于离开了。真是奇怪！

我甚至有了这样的念头，我想借助我已经掌握的线索，和河野一起侦破此案。

当时，当地法院派人来专门负责调查此案，已经确定浴场里的血液是人的血液。Y町的警察局也因此事忙得团团转，尽管他们展开了大规模的搜索，但是毫无进展。我们通过河野认识的那个巡查得知，警方的侦破进度完全处于停滞状态，连门外汉的我和河野得到的线索都比他们多。说实话，得知这个消息的时候，我真的很兴奋，这从某种程度上激起了我的斗志。另外，还有一点让我十分好奇，河野为什么对此案如此热心。

我独自回了房间，一路上我一直在琢磨三造说的话。三造说的话，至少有一部分我认为是事实，比如他从厨房回来的时候，浴场里是有人的。并且，从时间的角度来看，这个人应该就是嫌疑犯。但是根据三造的说法，当时浴场里面的人正是和我一起并肩作战的以业余侦探自居的河野。这可信吗？

“难道河野就是凶手？”

那一瞬间，我内心里忽然生出一种恐惧。这么说吧，如果浴场里那一摊血没有被擦拭过，或者即使被擦拭了但是并没有擦拭得太干净，甚或后来被警方确认那并不是人类的血液，我可能会认为那是河野干的。以他那古灵精怪的性格，他搞得出这样的恶作剧来。但是现在警方已经确定那是人类的血液，并且从出血量来看，被害人已经死亡，若真如三造所说，当时浴场里的人是河野，那么河野极有可能就是凶手。

但是话又说回来，河野没有杀死长吉的动机啊！另外，他是如何处理尸体的呢？想到这些细节，我无论如何也不相信河野就是凶手。光是昨天晚上出现的那个黑影，就足以证明河野的清白。或者说，我们可以这样想一下，有几个杀人犯杀了人之后还会长期逗留在案发现场，并且还十分踊跃地担负起侦破案件的任务？不符合常理！

再说，人的耳朵也是很容易出错的，何况还是三造这样的人，有可能是他听错了也说不定呢，这中间肯定有什么误会。但是，当时浴场里有人这一点是确凿无疑的，那会不会是旅馆老板呢？毕竟三造说过能那样冲水的只有旅馆老板。

另外，河野那天去追那个黑影的时候捡回来的钱包不也正是老板的吗？但是好像很多人都知道老板的钱包丢了。这样来看，要断定老板就是凶手也有些勉强。总而言之，不论是三造的说辞，还是老板的古怪个性，也不是全然不值得怀疑的。

综合所有的线索，最可疑的其实还是那两个手提行李箱的男子。莫名失踪的尸体、两只巨大的行李箱——两者有什么关联吗？那么，三造当时听到的咳嗽声有没有可能来自那提着行李箱的男子呢？

那两个提着行李箱的男子，警方不也把他们当成主要的嫌疑犯了吗？可惜的是，没有人知道他们是如何避开警方的搜寻的，也没有人知道他们最终逃到了哪里。难道他们已经彻底逃离了这里？或是他们还潜藏在附近的山林里？单从那个出现的黑影来判断，他们应该还没有跑远。一想到这里，我又不禁害怕起来。或许，那凶残的杀人犯此刻正潜藏在某处静静地注视着我们的一举一动，并且随时准备给予还击。

二十三

那天黄昏，我突然想起一件事，便叫来了山脚下小镇里的艺伎缔治。其实，我对当地艺伎那蹩脚的三味线技艺没有任何兴趣；这个叫作缔治的艺伎也对我没有丝毫的吸引力。我只是听说她和长吉的关系很要好，并且那天晚上是她和长吉一起来湖畔亭旅馆的。于是，我想通过她了解一下长吉的身世。

“您好，好久不见。”这个已接近中年的艺伎缔治居然还记得我，我之前找过她。看上去她很放松，这对我们接下来的谈话应该很有利。

“收起三味线吧，我们今天边吃边聊。”我故作轻松地和她说道。

听了我的话，她随即收起了满脸的笑容，好像戒备了好多。但是，敏锐如她这样的女人，一时间便领会了我的意思，于是很快大方得体地坐在了我的对面。

“长吉太可怜了！我和她关系非常好，”她好像也很想和我谈谈这起凶杀案，“听说浴场里的血液是您和河野先生最先发现的？太恐怖了，我都没敢去看。”被害人是她的好友，我则是命案的发现者，这一层关系让我们的谈话进行得非常顺利。

“你认识那两个提着大行李箱的男子吗？他们和长吉是什么关系？”我直奔主题。

“十一号房间的先生好像看上长吉了，经常点名找她。”

“有过夜吗？”

“我没听长吉说起过，我感觉应该没有。前两天，我听长吉说起过那两个客人，但是我感觉他们的关系并没有亲密到什么程度。那两位先生也是刚住进湖畔亭旅馆一个星期时间，他们应该还没建立起多么熟络的关系。”

“我也只是在门口匆匆和他们打过一个照面，对他们的长相，我完全没有印象，你知道他们有什么特别之处吗？或者长吉有提起过吗？”

“没有什么特别的，就是普通的客人，不过好像他们挺有钱的。长吉说有一次看见了他们的钱包，里面塞满了钱，可把长吉吓了一大跳。”

“是吗？他们那么有钱吗？不过看上去他们不算是太奢侈的人。”

“确实是。他们每次也只是叫长吉一个人，也不叫她弹三味线，一般都是聊天，聊的都是些无聊的话题。掌柜的也说那两个人很奇怪。他们基本不出门，整天待在屋子里。”

关于那两个男人，看来问不出什么了。于是我连忙将话题转向长吉。

“长吉呢？他有心上人吗？”

“啊哈，你要问我这个，怎么说呢？”中年艺伎缔治突然笑出了声，“长吉这个人啊，内向得很，其实她也是刚来不久，我对她也不是十分了解。我感觉她不是那种很容易对人敞开心扉的人，这种性格应该比较吃亏吧。至于她的感情生活，我完全不了解。我感觉她应该没有心上人。她完全就是个良家妇女，她不是很适合干这一行。”

“对她特别满意的熟客也没有吗？”

“你怎么那么像前几天来这里的刑警啊？”她笑得更放肆了，“那倒是有，有一个叫松村的男子很是喜欢长吉呢。松村可是这附近山林的地主的儿子，他第一次见长吉就喜欢上长吉了。前几天，他还说要为长吉赎身呢。但是长吉好像对他很不满意，一直也没有答应。”

“真有此事？”

“是啊，松村那天晚上——就出事的那天晚上，也在二楼的宴会厅参加宴会。松村平时是个老实人，但是那天晚上可能是喝多了吧，很让长吉难堪。”

“具体发生什么事了呢？”

“乡下人很粗鲁的，见怪不怪，他打了长吉一巴掌……”

“不会……不会是那个人杀死长吉的吧？”我半开玩笑地说。

“啊！您这话说得太吓人了。”缔治有点儿紧张了。我的玩笑过头了？她接着说道：“绝对不可能，警察问我的时候我就说过了，松村自始至终就没有离开过座位，不可能是他。再说了，回程的时候，我和他同坐一辆车，他绝对不是杀人犯。”

到此为止吧。我从缔治那里得到的线索就是这些了。也是有收获的，那个松村也是有嫌疑的，不是吗？根据缔治所言，松村完全喝醉了，想必缔治当时也不是绝对清醒的，所以她的话也不能全信。

怀疑真是没完没了啊！

饭后，缔治就回去了。我一个人呆呆坐在桌前。提行李箱的男子、那天晚上的黑影、湖畔亭旅馆老板、追求长吉的松村以及河野，一个个像走马灯似的从我脑海里掠过。他们好像都很可疑，但是又没有确凿的证据。我不禁心生烦躁……

二十四

接下来，我想说说当天晚上发生的事。凶杀案发生之后，浴场一度被关闭，但是旅馆老板为了不影响生意，决定重新开放浴场。

缔治走后，我发了好久的呆。随后，大约快到九点的时候吧，我决定再到浴场去看看，我好像也有好久没有洗澡了。

地板上的血迹已经被擦拭得几乎看不见了，地板的木纹清晰可见。但是一看到那里，我还是立马想到了那天晚上发生的凶杀案。

当时，旅馆里的客人大多数都被凶杀案吓跑了。留下来的，只有我和河野以及另外三个男子。那更曾给我带来无限幻想的富家女子也在凶案发生的第二天随家人离开了。

由于客人稀少，佣人都还没开始洗澡，浴池里的水格外干净。我进到浴池里时，脚指头都看得一清二楚。

这里的浴场其实相当豪华，完全可以媲美大都市的浴场，不仅不分男女，而且空间很宽敞，高高的天花板上吊着一盏大大的电灯。

唯一的瑕疵是，虽然当时正值夏季，但是浴场里尽显阴冷与寒意。在这样的诡异氛围之中，我恍惚中仿佛看到地上有人正在分尸。

突然，我想到烧火的三造就在隔壁，这两天我们也逐渐熟络起来了，何不打个招呼？于是我打开那个小窗格，叫了一声：“三造……”

“嗯。”三造果然在。随即，我看到了他那一张木讷的脸。他那被火红的炭火映得通红的脸，就好像蒙上了 层诡异的暗影。我内心不禁闪过一丝暗暗的寒意。

“今天的洗澡水温度正合适，真舒服。”

“嘿嘿嘿……”三造傻笑，算作对我的回应。

随即，沉默。

我觉得很无聊，也很困惑，心里尽是对于眼下的困境的无奈，于是便关上了那个窗格。然后，我起身走出浴池。我站在更衣室擦拭身体的时候，无意间一抬头，看到我面前的磨砂玻璃窗好像开着一条小缝。而通过那个小缝隙，我可以看到那天晚上那个黑影出现的地方。而现在，就在那里，有一道白光一闪而过。

难道是我眼花了，我停下来凝神观察，结果那道白光还在，一闪一闪地在移动。看样子，那应该是有人正在林子里走动。

我立马联想到了那天晚上的黑影，如果能抓到那人，一切困惑估计也就迎刃而解了。我无法压抑心中泛滥的好奇心，匆匆穿上衣服，绕过庭院，直奔那片林子。途中，我曾路过河野的房间，但是他并不在，不知道哪里去了。

外面真够黑的！伸手不见五指，天上连一颗星星都没有。我尽自己最大的努力，借着一点点的暗光，一步一步艰难地往前追去。其实，事后想起来，当时我的行为真的让我十分震惊，一向懦弱的我，竟然有那么大胆量，敢一个人前去追穷凶极恶的歹徒。当时我一心想凭借一己之力侦破此案，从而也让别人能对我刮目相看，为了这个目的几乎处于忘我的状态。退一万步说，即使当时抓不住对方，能看清他的长相，也不失为巨大的收获啊！

走出庭院后，就是那片林子的入口了，我一步一步躲在大树干的后面，一点一点往前挪，紧紧追着亮光。

果然，我只是追了一小会儿，便看到了一个人影。那人手里攥着手电筒，好像正认真仔细地在地上寻找着什么。但是，我离他还有一定的距离，还是看不清他长什么样子。

我没有放弃，鼓足勇气，紧追不舍。树林里，各种植物茂密得很，只要我不出声，对方就不会发现我。

我又追了几步，和他的距离越来越近了，我甚至已经能看到对方穿的衣服的颜色和脸型了。

二十五

那人驼着背，像个老人一样。他手里的手电筒并不怎么亮，他就借着那么一点儿微弱的光，在草丛里翻来翻去，好像是在找什么东西。他的手电筒的光是打向他的前面的，因此从他的后面看过去，只能看到一个漆黑的人影。在这黝黑的夜晚，他看上去就像一个幽灵，在我的面前晃来晃去。当他把手电筒从一只手换到另一只手时，手电筒的光在某一个瞬间会在半空中摇摆，周围的树枝这时在手电筒的光照下显得张牙舞爪，异常恐怖。偶尔，手电筒的光也会从我身边掠过，甚至可能照到我的身上，我这时就赶紧躲在树干后面，以防被他发现。

我试着想看清他的脸，但是那手电筒的光太弱了，并且还在他手里，我想要看清他的脸相当有难度。但是我不能退缩。

我选了一个绝佳的位置，不停地在树干之间穿梭，就像一个围捕猎物的经验丰富的老猎手。我在寻找机会进一步靠近对方。

这大晚上的，他在这里鬼鬼祟祟，绝对不正常。更何况他看上去是一个和这荒山野岭一点儿都不和谐的都市男子。后来，森林里起了一点儿风，使得树木之间发出了各种声响。在这种情况下，我即使弄出一点儿声响，他也不会注意到。再加上他所有注意力都在地上，所以一直没有发现我。

在相当长的一段时间内，我借着不停晃动的手电筒的光，观察那人的每一个动作，耐心地等待机会想要看清楚他究竟长什么模样。

终于，他停止寻找了，可能是怎么找都找不到他想要找的东西的缘故。他直起身子，关掉了手电筒。随即，他准备离开了。我不能落下，立马追了上去。现在，手电筒的光没有了，我只能凭听觉辨别他的位置，然后跟过去。但是风越来越大，慢慢地我好像听不到他的脚步声了，再加上心里非常害怕，以及我完全不熟悉追踪套路，我有点儿不知所措。我犹豫了一小会儿，当我缓过神来，即便是他微弱的脚步声也没有了。最后，我一个人留在那漆黑的夜里，暗自伤神。

我费了这么大的力气，结果还是跟丢了，多么沮丧！我想，那人应该不会往森林里逃。又想到我隐蔽得很好，他完全没有发现我，于是我决定往街道的方向去看看。想到这里，我立马朝湖畔亭旅馆前的村子的小道走去。

山里的人睡得早，除了旅馆以外，这里的人家都已经熄灯了，街道上漆黑一片，不见人影，只是听见有人在遥远的地方吹奏乐器，荒腔走板的，在这深深的夜色中显得十分凄凉。

我有点儿落寞，站在那条路上，凝视着森林，好久，好久。从那个位置看，那森林就像一个巨大的怪物，在越来越大的风中此起彼伏，那景象甚是壮观。在那一刻，我忽然生出一种思乡之情。我承认我真的跟丢了，无论我在那儿等多久，估计那人都不会从森林里出来了。

十多分钟后，我决定放弃，虽然心有不甘。我突然想到河野，要是他在的话，情况也许会不一样。于是我决定去拜访河野，如果他现在在屋里的话，我何不邀请他一起再去追追看？

于是，我气喘吁吁地跑回旅馆，去找河野。跑进旅馆玄关的时候，我慌忙脱掉鞋子，跑过走廊，直奔河野的房间，一到他的房间，我就猛地拉开纸门。

二十六

“好，请进吧。”河野已经回来了。他一见到我，就露出熟悉的笑容迎我进去。

“我找你是因为我刚才又发现那个黑影了，我感觉就是那天晚上你追的那个人。你要不要和我一起去看看呢？”我有点儿着急，但是我还是尽量压低声音和他说。

“你确定还是上次那家伙？”

“应该就是他。我看到他拿着手电筒，不知道在那里寻找什么。”

“你确定？你看到他的脸了吗？”

“我已经尽力了，但是我还是没有看清他长什么样子。我感觉他还在那附近，你和我一起去看看？”

“你去森林前面的街道上看了吗？”

“去了，再没有其他通道可以逃脱了。”

“那还是算了，我感觉现在去了也是白费工夫。你想一下，如果他是歹徒，他怎么可能逃到大街上？”河野说得好像很有道理。

“你如此确定？你是又查出什么线索了吗？给我讲一讲吧？”我有点儿迫不及待了。

“是的，我这里已经有点儿进展了，我已经把嫌疑人的范围缩小到几个人身上了。就差一步了，很快就能真相大白了。”河野看上去充满了自信。

“你说这话是什么意思？”

“这么说吧，我越来越发现，这起命案的真凶，应该就是旅馆里的人。”

“旅馆里的人？”

“你想一下，他可以从森林那边的后门直接进入旅馆，他完全没有必要跑到外面的街道上去。”

“你如此确定吗？那凶手是谁呢？是老板？还是哪个佣人？”

“少安毋躁，你再等一等，别那么着急。从今天一大早，直到现在，我一直在思考这件事。我已经捋出来一些眉目了。但是我现在还不想说出那个人是谁，你再等一等吧。”

这好像不是我认识的那个河野了，居然和我卖起了关子。我真的很着急，他越是这么说，我越是好奇。我完全不想再等下去了，步步紧逼：

“那也太奇怪了吧。旅馆里就这么几个人，能是谁呢？其实我也有一个怀疑对象，我感觉我和你怀疑的是一个人，但是有些细节我还是想不通。单说处理尸体这一个环节，我就百思不得其解。”

“是的，我也是这一点没有想明白，也还没有找到线索。”河野点点头，对我说道。

听河野的口气，我感觉他怀疑的对象和我一样也是湖畔亭旅馆的老板。我想，他肯定掌握了我还不知道的证据。

“对了，我仔细观察过了，旅馆里的人，并没有谁手上有那个伤疤啊。”

“那个……我已经找到合理的解释了。我感觉我的解释应该能解释得通。”

“那么，那两个提着行李箱匆匆而去的男子呢？他们不应该最值得怀疑吗？长吉是从他们屋子里跑出来的，他们先是到处寻找长吉，又突然离开旅馆……这不值得怀疑吗？另外，还有那两只巨大的行李箱……”

“那也许只是个巧合。你再回想一下，你说凶案发生的时间是十点三十五分，但是你在楼梯处碰到他们的时候是几点？距离凶案发生有多长时间？依照你的说法，也就五至十分钟而已。”

“最多十分钟。”

“问题就出在这里。我也问过掌柜的，那两个人退房的时间和你说的凶案发生的时间差也就五六分钟而已。你想一下，在这么短的时间内，他们有时间将尸体放入行李箱中吗？事实上，在那五六分钟之内，他们要做的工作不仅于此。杀人、处理尸体、擦拭血迹、把尸体藏入行李箱、退房等这么多事情，五六分钟时间显然不够。所以，我感觉那两个人应该不是凶手。”

河野这么一说，我觉得很有道理。我怎么会有那样的推理呢？更可笑的是，警方居然没有怀疑我的判断，并且因为女佣的证词，三下五除二就将那两个人确定为嫌疑犯了。

“那个男子到处寻找长吉，这在艺伎和客人之间是最常发生的事情。如果过度解释，自然就会有误会产生。那两个人突然退房，很可能是人家有急事。在楼梯上，你们差点儿撞在一起，你吓了一跳，人家也因此吓了一跳，这不是再正常不过的事情吗？”河野说道。

针对河野的这一系列解释，我也有反对意见，但是我越反驳，越发现自己的推理漏洞百出。以致最后，我都有点儿羞愧得抬不起头来了。我不得不承认，我的推理真的是太荒唐了。

之后，我再也没有心思去想关于这起案件的任何事情了。我太沮丧了，我只想快点儿回到自己的房间去。

也就是在那个时候，我进一步确认，河野的怀疑对象是旅馆老板确凿无疑了。当时，我也是基于这一点与他展开讨论的，但是事后才发现并非如此。

这件事，从头到尾我扮演的角色都十分滑稽，我的表现跟侦探这两个字完全不沾边儿。

二十七

接下来，我直接讲三四天之后的事情吧，这期间也没有什么事需要特别交代。那几天，河野天天出门，我几乎看不到他的人影。因此，我十分生气。他难道是想靠一己之力侦破此案？我难道一点儿用处都没有了？又想到之前自己犯下的低级错误，我发现自己也确实不能再以业余侦探的身份自居了。但事到如今，让我抛开这迷雾重重的案件，独自一人回到城里去，我也是做不到的。我只能相信河野的话，暂且再等待些时日吧。真相也许真的不远了！

与此同时，警方对于那两个提着行李箱的男人的搜寻依然没有结果。对那两个皮箱的搜寻，也是如此。我是不是应该向警方坦承我推理上的漏洞，以让他们别再白白浪费精力了？但是河野说，警方这样搜寻说不定能找到长吉的尸体呢，让我不要阻止。我觉得有道理，因此也就没有说什么。

那以后，我的主要工作是监视老板的一言一行，以及到处寻找河野。但是我并没有发现旅馆老板有什么反常之处。而河野，我也基本上见不到他。在那些无聊的日子，我几乎快要坚持不下去了。

这一天，我又习惯性地去河野的房间找他。我以为他肯定不在房间里，但是当我拉开他房间的纸门时，我意外发现他居然在房间里。同时，他的房间里还有另外一个人，那就是山脚下村子里的巡查。可以看出，他们两个人正相谈甚欢。

“你来得正好，快进来吧。”

我非常担心自己的出现打扰到了他们，因此感觉十分尴尬。河野为了消解我的尴尬，大方招呼我进去。若是平常，我应该会礼貌性地拒绝这种邀请。但是在那种情况下，我知道他们正在讨论凶杀案。我的好奇心告诉我，我不能拒绝，于是欣然接受河野的邀约。

“您继续讲下去吧。这是我的一个朋友，没关系的。”河野对那位巡查朋友说道。

“正如我刚才所说，我来这里的途中，遇到一个来自对岸村子里的村民，他正在跟人谈论他最近遇到的一件怪事。他说几天前的晚上，他闻到了一种奇怪的味道。不仅他，他们村子里的很多人都闻到了那种奇怪的味道，”巡查说道，“至于那是什么味道，他说很像火葬场里的味道。但是这一带根本没有火葬场啊，你说奇怪不奇怪！”

“焚烧尸体的味道！”河野兴奋地说道。

“对的，他说就是那种焚烧尸体时发出的令人难以忍受的臭味儿。听他这么一说，我一下子就想到了这里发生的凶杀案。毕竟，这里的凶杀案的受害人的尸体还下落不明呢！我一听对方说那味道很像焚烧尸体的味道，立马想到那种味道和这里发生的凶杀案也许有某种联系。”

“这几天一直在刮风，并且刮的是南风，”河野非常兴奋，“这是问题的关键。”

“为何这么说呢？”

“那个村子是不是在河对岸？是不是在我们的北面？”

“是的。”

“这就不难理解了。如果在这边焚烧尸体，焚烧尸体时散发出的味道是不是会随着强烈的南风越过湖面，到达对岸的村子？”

“那么，比起对岸的村子，咱们这边的人不是更应该闻到那种味道吗？”

“错了，假如是在湖畔焚烧，因为南风的缘故，我们这里的人反倒闻不到。”

“假如事实确实是这样，那么尸体是谁焚烧的呢？”

“那就要看谁有这个条件了，比如浴场的火炉就是最好的客观条件。”

“浴场？”

“对啊，浴场烧火的灶啊。我这些天一直在独自侦查此案。我采取的策略和警方的策略完全不同。我基本上已经查出真凶了，但是我却没搞明白凶手是如何处理尸体的，所以我一直没向警察局报告我的调查结果。现在听完巡查先生的一番话，我终于明白了。”

河野一副扬扬得意的模样，完全置我和巡查两个人目瞪口呆的样子于不顾。只见河野转过身去，拿出一个袋子，从里面取出一把短刀。那把短刀脏兮兮的，没有刀鞘，刀柄是木头制成的。一看到那把短刀，我心里不禁一惊，我好像明白了一些什么。我从镜子里看到的那只手里攥着的就是这样一把短刀。

“你看看这把短刀，你还认得吗？”

河野看着我问道。

“对的，就是这把短刀。”我脱口而出，完全忘记了巡查还在旁边。当我意识到自己说漏了嘴的时候，心里一惊，顿觉大事不妙，偷窥一事不会就此曝光吧？

“说出来吧！又能怎样？终究是瞒不住的，”河野见我一时失言，于是这样劝我，“再说了，如果没有偷窥这一层关系，我的一切推断都将没有说服力。”

河野的说法不无道理。不然的话，我如何证实以下这些事实：我见过这把短刀，凶手手背上有一道类似伤疤的印痕，通过时间上的不可能证明那两个提行李箱的男子没有嫌疑，我们去拆卸偷窥装置的时候看到了那个黑影，还有其他种种事情。若没有偷窥这个事件，我如何说服其他人相信我和河野所说的话呢？

“我做了一件非常不上台面的事情。”我只好将我的偷窥行为和盘托出。

既然要坦白，那还是我自己来吧：“我在浴场的更衣室上面安装了一个小小的机关。这样利用透镜的工作原理，我在我的房间里就可以将更衣室发生的一些事情尽收眼底。我想说的是，我这样做并没有什么不可告人的目的，只是因为这里的生活太无聊了，因此我简单应用了一下我在学校里学到的相关知识。”

我尽量避开了我那不可告人的偷窥目的，将发现凶杀案的过程三言两语地介绍了一下。

我知道我讲述的内容不是很容易理解。好在经过我的再三说明，巡查终于还是听明白了。

“为了隐瞒我的偷窥行为，我一直没有将案发的确切时间讲出来，实在抱歉。我当时真的是担心自己被牵连进去。现在，河野说已经找到了真凶，我的顾虑没有了。你若不信的话，等会儿我可以给你看一下我的偷窥装置。”

“好了，事到如今，我也该讲一讲我追查凶手的过程了，”河野说道，“你们来看这把短刀，刀尖上的污痕，你们着重看一下，仔细观察一下的话，还是可以看出来的，那分明就是血迹。”

那把短刀黑糊糊、脏兮兮的，若不仔细分辨，完全看不出来刀尖上还有那种黑色的痕迹，确实很像血迹。

“这把刀子与你在镜子中看到的短刀基本一样，刀尖又有血迹，很可能就是这起杀人案的凶器。不过重点是，我想让二位猜一下这把短刀是我在哪里发现的。”

河野又卖起关子来。他故意停了一下，并用得意的眼神看着我和巡查先生。

二十八

河野得意地拿着那把短刀，看着我们。

那一刻，我脑海里将我曾怀疑过的对象一一过了一遍，十一号房间的两个男人、旅馆老板、那个叫松村的年轻人、拿着手电筒的男子……最后我在脑海里锁定的对象只有一个，那就是旅馆老板。除此之外，再无他人。

我坚信，河野即将说出的凶手，肯定就是旅馆老板。但是，河野所指，另有他人，并且是我从来没有怀疑过的一个人。

“这把短刀是我在浴场火房一个不起眼的角落的一个置物架上找到的。那架子上放的东西都是三造的。那些东西上都蒙着一层灰。在置物架最隐蔽的地方，我发现了一个白色的铁皮盒子。这个盒子里的东西真是让人大开眼界，精致的女士钱包、戒指、银币应有尽有。最重要的是，里面放着这把短刀。很明显，这把短刀的主人正是烧洗澡水的三造。”

巡查先生和我都没有说话，我们也许都在等待河野的后续分析，因为单凭这一点很难确认三造就是凶手。

“我相信三造就是真正的凶手。也许你们会说，这起凶杀案有很多嫌疑人，”河野信誓旦旦地说，“比如那两个提行李箱的男子，比如那个叫松村的年轻人，比如旅馆老板。对于那两个提行李箱的男子，警方已经追踪好久了，遗憾的是，至今没有任何收获。实际上，将这两个人列为嫌疑人，本身就是错误的。”

接着，河野向巡查解释了我们之前讨论过的那两个男子没有作案时间的原因。

“至于那个叫作松村的男子，警方已经对他进行了认真、详细的调查，并没有发现可疑之处。有人证明，他那天晚上是与人一起乘车回去的，之后也没有什么可疑的行动。由此可以看出，他并没有时间处理尸体，显然不是凶手。再说，他为什么要杀害自己深深爱恋的女子呢？”河野继续说道，“还有就是那天晚上那个黑影丢失的皮夹子。的确，那个皮夹子正是旅馆老板的，仅此而已。我调查过了，凶案发生的时候，旅馆老板正在房间里睡觉。老板娘和很多用人都可以证明。另外，还有小孩子可以作证。我们都知道，孩子是不会撒谎的。”

接着，河野又对我追踪的那个拿手电筒的神秘人物做了一番说明。

“这么说吧！我们先前所认为的嫌疑犯，都不是真正的凶手。人类总是犯一个错误，对近在眼前的真相视而不见。比如三造，警方从来没有怀疑过他，难道仅仅是因为他有点儿傻？然而，像三造这样的下人，他们并不是道具，他们也是人啊。我们都知道，浴场有两个出入口。三造工作的火房也可以自由出入浴场。另外，三五分钟之内就将尸体及现场处理得一干二净，有几个人能做到？唯有三造。比如，他可以先将尸体藏在柴火堆下面，等到深夜再慢慢处理。”

河野的推理越来越精彩。我看他那架势，就好像在进行一场精彩的演说。

“但是，话又说回来，我也不敢相信三造就是凶手。像他那样的傻子，怎么可能去杀人？我也是这一两天才对他产生了怀疑。就是昨天，我碰到三造的时候，我无意之间在他的手背上看到了一道黑色的印痕。当时，我立马想到了镜子里的那只手。三造手背上的那道黑色印痕非常明显，和你的描述真的相差无几。我假装若无其事地问道：‘三造，你的手怎么了？’三造傻傻地回应了我一声，然后用力去擦他手背上的印痕，但是那并不是一件容易的事情。据我观察，那道印痕很像是类似煤炭一类的物质划过手背的时候留下的。”

说到这里，河野没有忘记更详细地向巡查先生解释一下我在偷窥镜里看到的景象。

“我想你在偷窥镜里看到的伤痕，会不会就是我在三造手背上看到的那种印痕？也许那不是伤疤，只是一道煤炭留下的印痕。有没有这种可能呢？类似那样的印痕在画面模糊的偷窥镜里被你误当成伤痕，你看呢？”

河野说着，把目光转向我。

我思考了一会儿，回应道：“当时，画面太模糊了，也许是我没看清楚吧。”

那道伤疤留给我的印象太深了，我真的没办法接受它只是一道煤污的解释。

“你在镜子里看到的那只手是不是这样的？”河野说着，将一只手伸到我的面前。

我仔细一看，连声惊呼：“对对对，就是这样的！”

河野伸过来的那只手与我在镜子里看到的那只手也太像了，手背上也有一道黑色的类似伤疤的印痕。

“你怎么会有这样的伤疤？”我简直要惊叫出来。

“这不是伤痕，这只是煤污，是不是很像伤痕？”河野若有所思地叹了一口气，接着说道，“也正是因为这样，我才会怀疑三造。因此，我趁三造不在的时候，去了他工作的火房。然后，我就发现了那个置物架，发现了那个白色铁皮盒。那个盒子里的很多东西，应该都不是三造的。同时，我发现那个置物架有两层，两层之间的间隔特别窄。当我把手伸进下面那一层架子的时候，上面那层架子下面的小横梁碰到了我的手背，结果那上面的煤灰就在我的手背印上了这样的痕迹。”

河野一边说，一边用手势演示给我们看。

“三造的嫌疑是不是加大了？另外，其实三造有个很多人不知道的坏毛病。人不可貌相，你别看三造傻里傻气的，其实他是个手脚很不干净的人。比如要是有人将东西忘在了浴场里，他就会偷偷地据为己有。我就亲眼见过他偷别人的东西。他当时偷的并不是什么值钱的东西，我也就睁一只眼闭一只眼，只当是没看见。我看到他的那只白色铁皮盒子的时候，真是大吃一惊。他可真是胆大包天！大家都以为他是个傻子，因此对他不会有任何提防，但是没想到他是那样一个人。我感觉，大家对他的放任也是致使他走上歧途的重要原因之一。智商不足的人往往都有偷窃的毛病，看来这话真不假！”

二十九

“既然如此，我们现在就应该赶紧去将三造控制起来。”

我再也无法忍受河野充满炫耀色彩的长篇大论了，我的心思早已经飞到了浴场。但是巡查好像一点儿都不着急，还是非常安静地坐着。河野看上去更没有马上结束自己的演说的计划，仍然在喋喋不休地讲着。其实，他完全可以以后再详细讲解自己的推理过程。

“这些人之中，三造最有条件在那么短的时间内处理尸体，清理现场。还有，我从他那里搜来的这把带有血污的短刀，以及他的铁皮盒里的大量赃物，有了这些证据，我们完全可以断定三造就是凶手。他在案发第二天打扫卫生的时候，忘了将地垫放回原处，是不是也可算作证据？唯一让我困惑的是，三造的杀人动机究竟是什么？不过，像他那样的精神状况不正常的人，难免有什么我们正常人理解不了的理由。比如，看到带着醉态的女人，他一时冲动也说不定呢。或者是他的某些恶行偶然之间被长吉发现了，他要杀人灭口？究竟为何，我们无从得知，但是有一点确凿无疑，那就是三造就是这起凶杀案真正的凶手。”河野继续说道。

“这样说来，你是说三造在火房里将长吉的尸体烧掉了？”巡查先生终于说了一句话。

“除此之外，再无别的可能了。确实，听上去挺残忍的，但是这个三造也许遗传了我们祖先身上很多残忍的基因吧。另外，他完全没有意识到犯这样的罪行将要承担什么样的后果，因此更可疑。三造常年在火房工作，如果要毁尸灭迹，利用炉灶自然是水到渠成的事情。你们也听说过吧，为了消灭罪证，焚烧尸体的例子不胜枚举。例如大家耳熟能详的韦伯斯特教授，杀人后用实验室的炉子将尸体焚烧；杀人狂魔蓝胡子兰德鲁用玻璃制造厂的火炉和乡下别墅里的火炉焚烧被害人的尸体。我们这里的浴场用的是那种大型的工业用炉灶，火力很旺，即使一次无法烧完尸体，也可以分几次烧完。碰巧的是，这几天正好吹的是南风——当然三造根本想不到这一点。他每天晚上都躲在几乎无人来访的火房里，要完成这项工作，几乎不费吹灰之力。否则的话，对岸村子里的人为什么会闻到火葬场才会有的味道？”

“旅馆这边一点儿味道都没有，你不觉得奇怪吗？”巡查先生不解地问道。同时，我也觉得，河野的推理无法完全说服我。

“我已经说过了，三造焚烧尸体的时间肯定是在午夜大家都睡着的时候。也许空气中会留下一些味道，但是这几天强劲的南风在早晨大家醒来的时候早已经将那些怪味驱散了。炉灶里的炉灰向来都是直接倾倒到湖里的，所以完全不会留下任何证据。”

不得不说，河野的推测真的很大胆。对岸的村民闻到了只有火葬场才会有的气味，这可能是事实。但是，仅凭这一点，就断定三造在火房里焚烧尸体了，难免武断。我心中一直对此存有疑惑。但是先不说这一点，河野查到的其他事实，确实也直指三造。

“那我们马上逮捕三造吧！”河野刚一说完，巡查先生立即起身。

又是一个伸手不见五指的夜晚，大风嘶吼着，呼啸而过。我们通过庭院，直奔火房。我心中十分激动，但也深感恐惧，其中甚至有一丝怜悯的情愫，真是五味杂陈。

我们很快来到了火房的门口。虽是乡下的一般巡查，但是巡查先生一看就很专业，迅速撞开门，然后冲了进去。

“三造！”巡查先生声音低沉，却十分有力。但是他的一番专业的戒备完全没有派上用场，里面根本没有三造这个人，只有一个普通的打杂的老人家在炉灶前默默地坐着。

“从黄昏时到现在，我就没有看到他人影。他说让我帮他照看一下炉火，但是到现在他人还没回来。”老人家认真地回复着巡查的问询。

接着是一阵骚动。巡查赶紧打电话到山下的警察局。警察局立即派人在各条街道搜索三造其人。

这一下，三造的嫌疑更大了。

第二天早晨，对于三造的搜寻正式展开。不仅仅是村里的街道，就是附近的山林和小溪也成了警方的搜寻区域。我和河野自然无法置身事外，顺其自然地加入了搜寻队伍。

中午时分，终于有人找到了三造。沿着湖畔亭旁边的街道上行不远处，有一条小路是通往山林的山路。在那条小路上再走上大约半里路，就会来到一个小山谷。沿着这山谷中延伸的方向，有一条陡峭的山路。一名巡查走到这里的时候，发现这条山路最危险的一段路上有山石崩塌的迹象。就在这一段路的断崖下面，消失已久的三造横卧血泊之中，他身下是一块平整的岩石。看样子，三造是昨晚行走于上面的山路上时失足落下悬崖的。三造身下的岩石上到处都是血迹，触目惊心。报应？但是凶手还没有得到问询，就已经死于非命。

警方在三造怀里发现了很多令人吃惊的罪证——就是河野之前在火房的白色铁皮盒里看到的那些东西。这样一来，事情更加明了了，三造是在逃亡途中失足坠崖的。

接着，警察搬运尸体，检察官勘验尸体，围观的人则议论纷纷。总之，这一整天，整片区域，人心惶惶。接着，警方对三造生前工作和生活的火房进行了仔细的搜查，但是并没有找到任何焚烧尸体的迹象。

发生在浴场里的凶杀案似乎可以告一段落了。尽管被害人的尸体还是不见踪影，但也同样没有人能洗脱三造的犯罪嫌疑。之前大规模地搜索提行李箱的男子，让警方备受煎熬，法院也感觉到了此案的不同寻常。但是随着三造的死，很多人都可以为此松一口气了。

很快，检察官撤离了小镇，警方的搜索行动也停止了。

湖畔亭旅馆又恢复了以往的宁静。

其实，说到受此案件影响最大的要数湖畔亭旅馆了。此案发生后，在当地传得沸沸扬扬。前来参观旅馆的人络绎不绝，尤其是那发生命案的现场——浴场——更是吸引了大量的人。

之后，有谣言传开，说有人看到长吉的幽魂在旅馆里出入，更有人在夜晚听到了三造说话的声音。此种谣言，以讹传讹，越传越离奇。时间长了，连住在附近的人都对湖畔亭旅馆避之不及了，更别说到旅馆入住了——往往是连续好几天都没有一个人入住。现如今，那片山林附近已经建造了好几座新的旅馆，曾经风光不再的湖畔亭旅馆已经彻底没落了。

各位读者朋友，以上就是湖畔亭旅馆迷案表面上的故事。我敢保证，A湖畔村子里的各种流言，以及Y町警察局的出警记录，都没有我在上面所记录的信息多。但是我要讲的更重要的内容，还在下面。虽然如此，但是大家不要厌烦。最重要的这部分内容，我很快就讲完了。换算成稿子的话，二三十页就完事了。

凶杀案真相大白之后，我决定马上离开这是非之地。河野决定和我搭乘同一班火车离开。这时候，我们的关系已经非同寻常，几乎成了最亲近的朋友。我们虽然搭乘同一班火车，但是目的地并不一样，我当然是回T市，而河野的目的地是我的前一站——I站。

我们都拿着一个巨大的行李箱。我的行李箱是方形的，里面收着我一般都会随身携带的偷窥装置。河野的行李箱其实是一只长方形的提包。我们都穿着和服，但是一想到我们是从湖畔亭旅馆出来的，我立马想到了十一号房间那两个提着行李箱离开的男子。

“不知道那两个提着行李箱离开的男子，后来怎样了？”我忍不住将我脑海里突然闪过的想法说了出来。

“谁知道呢？他们也真是幸运，居然能逃脱警方那么严密的搜索和排查。好在一切都已经结束了，他们与凶杀案没有半毛钱关系。”

然后，我们搭乘列车离开了那个将会给我留下深刻印象的湖畔小镇。

三十

“看这窗外的美景，多么赏心悦目啊！因为这起案件，我已经忘记了自己来这里的真正目的了，都忘记欣赏这美丽的景色了。”河野一身轻松地说道。

“是啊，简直是重获新生！”我随声应和。但是说到凶杀案，我心里终归有点儿虎头蛇尾的感觉，结束得太仓促了！事实上，对于这个结果，我并不能全盘接受。比如，仅仅通过对岸的村民闻到了类似火葬场才有的味道，就断定凶手在火房里焚烧尸体。再比如，好不容易确定了凶手的身份，但是凶手却离奇地死了。还有，那两个提行李箱的男子怎么消失得那么不可思议？至少他们的行李箱应该被找到吧！我真的觉得这里面疑点太多了。

说到疑点，我忽然发现我眼前就有一个巨大的疑点。对，我说的就是河野的行李包。正常来讲，他那个破破烂烂的行李包并不值几个钱，里面装的东西也无非是他的几件旧衣服，一些旧的绘画工具，也许还有几本破书吧，但是河野为什么却那么小心地护着它呢？你看他，每次打开它拿东西都是小心翼翼的，然后还要上锁！行李箱的钥匙看上去更珍贵，河野把它小心翼翼地放到了自己的口袋里。也许是神奇的直觉吧！当我对河野的行李包多了一些关注之后，我对河野整个人，也随之产生了一些别样的感觉。

鉴于此，我可能将自己的心理变化外化在了对待河野的态度上。我想河野肯定感觉到了我的这些变化，因此也开始对我心生戒备。

我看得出，河野在尽量装作若无其事的样子。但是很明显，他的眼神出卖了他，他的所有注意力都在行李架上，或者说在他的大提包上。

我觉得，这是一个极具戏剧性的变化。

身在湖畔亭的那些日子，尤其是凶案发生之后的日子，我从来不曾怀疑过什么。但是现在不同了，此情此景，我心里突然觉得哪里不对劲起来。不过，这些怀疑都是因为某些外在因素引发的。

也许吧！如果河野的大行李包没有从行李架上掉下来的话，我的这些怀疑或者模模糊糊的不同寻常的感觉可能会随着时间的推移消失殆尽。但是一切都来得那么突然，虽然都是偶然事件。在一个急转弯处，列车车厢剧烈地抖动了一下，河野的行李箱从行李架上掉了下来。并且，那个大提包掉下来的那一刻，本来锁得好好的——也许是锁没卡紧吧，居然开了一个大口。而且，提包里居然有东西滚落到我的脚下——那东西真让我大吃一惊！

各位，你们猜猜那是什么？当然不是切成小块的长吉的尸体。我告诉你们吧，那提包里装着的是成捆成捆的纸币。而滚落到我脚下的是一个医用注射器。

我自认识河野以来，就没见他那么失态过。他脸上的表情尴尬极了，一阵红，一阵白。他慌手慌脚地收拾好掉在地上的东西，将其装进提包，然后迅速合上提包，又迅速将提包塞到座位下面。那一刻，我几乎觉得河野再也不是我认识的那个河野了。我认识的那个河野应该是一个冷静自持，拥有坚定意志的人。我真的没有想到，他也有那样窘迫的时候。果然如人们所说，大事面前最考验人。

河野的动作确实很迅速。但我还是看到了他提包里的东西。河野对此当然是心知肚明。然而，河野果然是河野，他只是用了几分钟就恢复了平静，回到了我原来认识的那个河野的状态。

河野在继续刚才我们谈的话题。但是我已经没有心情回应他了。我的眼前仍然是那些纸币和那个医用注射器，这到底意味着什么？这太神奇了！很长一段时间，我陷入了深深的疑虑之中。

三十一

河野带着如此多的现金，并且带着和他身份极不相称的医用注射器，我发现这些虽然是源于一些意外因素，但是如果让我带着这样的疑问和河野告别，我真的有点儿不舍。我一直在心里和自己做着斗争——我要不要问一下河野这究竟作何解释？

接下来的漫长旅途，河野一副若无其事的状态。至少在我看来如此。

“你没有忘记带你的偷窥装置吧？”河野突然这样问我。

我真的没有想到首先打破沉默的人是河野。他这样问我，我更是没有想到。他这一问，也许是无心的，也许只是为了缓解当时的尴尬气氛。但是我听完后，心里却有另外一番滋味。河野是在提醒我：“你也有不可告人的秘密。”

就这样，我们各怀心事搭乘列车穿越了一座座山川，一道道河流。

很快，河野预计下车的那一站马上就到了。但是，我完全忘了这回事。当汽笛声再一次响起的时候，我才发现了这一点。但是我惊奇地发现，河野并没有下车，并且完全没有错过站的那种惊慌失措。

“你怎么没有下车？”

事实上，他如果这一站真的下车了，会对我形成更大的困扰，但我还是忍不住问出了口。

河野的脸一下子就红了，连忙说道：“啊？不过也没关系啦！我下一站下，一样的，反正现在也下不去了。”

不用解释了，他是故意的。想到这里，我心里莫名其妙生出一丝恐惧来。

距离下一站，只有四五公里的距离，很快就到了。就在我已经看到车站的信号灯时，河野突然对我说道：“能拜托你搭乘下一班车回家吗？我们现在从这一站下车。你搭下一趟列车回家。这中间大约有三个小时吧。请答应我这无理的请求吧！”

面对河野的请求，我深感吃惊，一时不知道怎么办才好，但是河野看上去非常诚恳。我想即使我照他的提议做，也不至于有性命之忧吧！另外，我的好奇心在不停地驱使我接受河野的请求。

于是，我跟着河野下了车。我们在车站前的一个小旅馆前停下了脚步。我们和服务员说，我们想找一个适合休息的地方。服务员将我们带到了最里面的一间房子里。那间房子的隔壁并没有住人，很适合我们谈话。

服务员送来酒菜之后，就自觉地离开了。只剩下我和河野的时候，河野突然紧张起来，显得非常不自然。他不停地向我敬酒，估计是为了缓解现场的尴尬气氛。

良久，他脸上的肌肉突然痉挛般地抖动了一下。终于，他好像下定了决心，开口说道："我提包里的东西，你应该都看到了。"他边说边怔怔地看着我。

这样一来，本来应该相对平静的我反倒紧张起来，我心跳突然加快，腋下直冒冷汗。

"是的，看到了。"我能怎么办呢？我只能照事实说，但是我尽量压低了声音，以免刺激到对方。

"你不觉得奇怪吗？"

"是的，有点儿奇怪。"

接下来，是一阵尴尬的沉默。

"你谈过恋爱吗？你了解爱情的价值吗？"

"也许了解。"

这像不像学校里的口试环节？或者说像不像法院里的问询环节？这若是发生在平时，我肯定能笑出声来。但是此情此景，我和河野就好像马上要展开一场对决，神色凝重，但又无比滑稽。

“话说，如果一个人为了爱情而犯了错误——或许是犯了罪，但是他毫无恶意，你能原谅他吗？”

“或许可以。”我尽自己所能让自己看上去很平静。我这样做的目的是想让对方放下防备。其实，即使在这时候，我对于河野依然不曾有一丁点儿憎恶，甚至可以说依然心存好感。

“这么说你才是那个案子的主角？你跟那个案件到底有关系没？”我直指问题的核心。我感觉我的猜测八九不离十。

“也许是这样！”河野的眼睛里布满了血丝，“假若果真如此，你会报警吗？”

“我想我不会，”我连忙回答，“案子已经结了，我没有必要再把你绕进去。”

“但是……”河野好像有点儿放心了，“假如我真的犯了罪，你也能熟视无睹？你确定能置我提包里的那些东西于不顾吗？”

“你是我的朋友。我怎么可能让自己的好朋友变成罪人？”我假装很轻松，但这确实也是我的心里话。

河野听了我的话，沉默了很久。

忽然，河野显现出一副痛苦的表情，几乎快要哭出来，他对我说道：“我杀人了。我做了连我自己都不能原谅自己的事情。我做了那样的事情，真的是因为一时冲动。我完全没有想到，这件事能发展到现在这种样子。我真的束手无策。我真的是愚蠢至极。为了自己的至爱，我真的是做了太多傻事。”

我真的有点儿不敢相信自己的眼睛。河野竟有如此懦弱的时候。这还是我认识的那个河野吗？这还是湖畔亭旅馆里那个精明干练的河野吗？然而，当我认识到这样的河野的时候，我竟然对他更有好感了。

“你的意思是说你杀了人？”我还是尽量让自己保持放松的状态。

“是的，算是我杀的吧。”

“算是？这怎么理解？”我好像有点儿糊涂了。

“因为并不是我直接动手杀死他的。”

我更糊涂了。河野的话模棱两可，或者说是令人费解。是，就是；不是，就不是，他说的那些话是什么意思？不是他亲手杀的？这怎么理解？那我在镜子里看到的那双男性的手，是谁的手？

“我不是很明白，真正的凶手是谁啊？”

“没有真正的凶手啊！他是因为自己一时疏忽，意外死亡的。”

“什么？意外身亡？”我这才明白过来，原来他说的是三造，是我误解他的意思了，“噢，你说的是三造啊！”

“当然是三造，你以为我说的是谁？”听到河野如此说，我更加混乱了。

“原来你说的是三造啊？”

三十二

“不然呢？你以为我说的是谁？”

“当然是艺伎长吉啊！在这起凶杀案里，难道还有其他受害人吗？”

“是的，长吉……你不说，我都忘了。”

我一下子不知道如何应对。现下的河野太不正常了。怎么回事？难道这里面还有什么更大的秘密，甚至是根本上的错误？太不可思议了！

“其实长吉根本没死。长吉毫发无损。她只是从这里消失了。我过于纠结自己的过错，居然忘记了告诉你如此重要的事情。实际上，这起所谓的凶杀案，自始至终死掉的只有三造一个人。”

河野说的这种情况，其实我也怀疑过。当我那天晚上从镜子里看到那一幕时，我就暗自怀疑当时的景象是不是我的幻觉。但是后来发生的各种事情使得我放弃了这种假设。现在，当河野说出这一切的时候，我不禁有一种被戏弄的感觉。真是不敢相信。

“你确定吗？为了一个不存在的凶杀案，警方为此兴师动众？我真的不敢相信。我有点儿摸不着头脑。”

“当然，”河野看上去还是有点儿不自在，“只是因为我的一个恶作剧，使得原本的一件小事演变成了一件凶杀案，还连累一个人丢了性命。”

“你原原本本给我解释一下？”我有点儿糊涂，都不知道从何问起。

“是啊！我现在就准备把一切都告诉你。但是，在这之前，我必须先和你讲一讲我和长吉的关系。”河野说道。

“长吉和我其实是青梅竹马。青梅竹马，明白了吗？我真的无法忘记她。她虽然长期在外工作，但是我仍会想尽办法寻找机会与她约会。我很穷，我有时候很想见她，但是经济条件不允许。再加上我是个流浪画家，因此很多时候，我们一年半载才能见上一两面。比如这次吧，我虽然知道她来这里很久了，但是我并不知道她具体在哪里工作，她在这里的艺名叫什么，我也是毫无消息。实际上是案发前一天我才知道长吉正是我苦苦寻找的人。她应该来过好几次了，但是很奇怪，我们从来没有碰过面。

“案发前的那天，我在走廊里看见了她，不胜惊讶。我连忙把她带回我的房间，互诉衷肠，但是我们的时间很有限。我们聊了几句，长吉突然大哭起来。她还不停地和我说‘我不想活了’，甚至要求我和她一起殉情。她是个内向的人，但骨子里有一种倔强，因此才会说出这样的话。她并不喜欢她干的工作，来到这里以后，工作不顺心，朋友也没交到几个，甚至常有人嘲笑、冷落她。而且，她的雇主是个十分刻薄的人。你知道那个叫松村的年轻人吧？他对长吉一见钟情，想要为长吉赎身，但是长吉并不愿意。她的雇主就威胁她，甚至要挟她，说她如果不愿意，就将她转给别的雇主，并且债款加倍。她很难，因此一心想要寻死。虽然有这些事情缠身，她对我却仍然念念不忘，让我十分感动。如果我能做到，我真的想带她离开这是非之地。

“就在这时，我发现了一件怪事。如果没有这个发现，我感觉就不会有接下来发生的这一切。怎么说呢？条件都具备了，一切发生得那么顺其自然。其实我的发现就是你的偷窥装置。我一直有个侦探梦，有打探别人隐私或者偷窥别人隐私的习惯，甚至因此成瘾。我刚刚发现的时候，有一次甚至进到你的房间里偷看了一回。”

河野说了这么多，仍然没有说到我最关心的内容，我不禁有点儿着急。于是我趁机问了一句：“你说长吉没有死？我突然想到，那很不科学啊！更衣室地板上有那么大的一摊血迹。那是谁的血？医科大学的专家都鉴定过了，那确实是人的血迹。你从哪里弄来那么多的人血？”

“少安毋躁，你慢慢听我讲。如果不按照顺序讲，我怕你听不明白。我马上就要讲到地板上的血迹了。”

接下来，河野继续讲他的故事。

三十三

“我偷看了你的偷窥镜之后，知道从那里能偷窥到更衣室的穿衣镜前的影像。我进去偷看的时候，从那里偷窥到了穿衣镜前放大了的裸体影像。你的目的也在此吧？那如梦如幻的影像真的独具一种特殊的魅力，深深地吸引了我。忽然，我突发奇想，若是那如水底一般朦胧的影像之中，突然出现一种血淋淋的血腥场面，将是何等壮观！泛着白光的短刀，充满诱惑的裸女的肩膀，突然迸出的鲜红的血液……真的不敢想象！

“当然，这真的只是突发奇想。若不是那么多巧合事件，我想我做梦也不会想到我会亲自导演甚至上演这样一场闹剧。

“那天晚上，应该是过了十点的事情了，我已经躺下准备入睡。忽然，长吉跑进了我的房间。她一进来就躲在一个角落里，不停哀求：‘让我躲一会儿……让我躲一会儿……’她一脸惊恐，喘着长气，肩膀不停地抖动着。一切发生得太突然，我一下子愣住了。

“紧接着，走廊上传来了凌乱的脚步声，以及大声的忙乱的询问声：‘长吉去哪里了？看见长吉了吗？’我听出来了，那声音来自十一号房间的房客中的一个。

“总之，那个人在疯狂地寻找长吉。但是他们绝对没有想到，长吉和我是青梅竹马。当然，他们也想不到，长吉当时就躲在我房间里。他们的寻找可想而知，不会有结果。我真的一头雾水，完全不知道发生了什么。我拉过长吉，问她到底发生了什么。长吉说那天晚上，那个叫松村的年轻人也来参加宴会了，并且喝醉了。借着酒劲，松村当着很多人的面，用言语侮辱长吉，并且还打了她。长吉自觉很丢脸，于是悄悄退场。然后她就在走廊上盲目徘徊。当看到十一号房间的纸门开着的时候，她突然想到一件事。

“之前，十一号房间曾叫过长吉几次。有一次，长吉偶然发现那两个客人的行李箱里放着巨款。长吉说她亲眼看到过那两个行李箱里装着的几乎可以割破手的崭新的纸币，至少也有几万元。

“是的，你看才看到的我这个提包里装着的钱就是那些钱。

至于这些钱怎么到了我的手里，我待会儿会告诉你的。

“长吉突然想到那些钱，又看到那纸门大开着，一时居然起了贪念。她想，即使拿走其中一沓，她也满足了，那就足以为自己赎身了。更重要的是，她也可以因此逃脱松村的掌控。也有可能是松村的纠缠，让她一时糊涂了。

“她成功潜入十一号房间，并且轻易找到了那两个行李箱。她准备打开行李箱的时候，发现行李箱上了锁。作为一个女子，想要凭手劲打开那把锁，还是有难度的。当时，贪念已经上脑的她，使尽全身力气终于将行李箱撕开一个裂缝。她将手指伸进裂缝之中，终于抽出来几十张钞票。那几乎是她第一次干伤天害理的事情。为了那几十张钞票，她可真是费尽九牛二虎之力。当她觉察到有些不对劲时，行李箱的主人已经凶神恶煞般地站在她的身后了。

“你现在明白了吧？这就是长吉大晚上跑到我房间来的原因。问题是，那两个男子接下来的行为真的是令人难以理解。正常来讲，丢了东西，盗窃犯不见踪影，他们应该立即报告柜台，找人帮忙找到盗窃犯，但是他们完全没有这么做。长吉当时非常害怕那两个男子会找到她。于是，我随后悄悄到十一号房间附近进行观察，发现他们正在收拾行李，准备离开。我当时真的十分吃惊。这到底是怎么回事？完全不符合常理啊！他们一定有着不可告人的秘密。这么一来，我立马想到，比起被长吉偷走钱这件事，他们更怕被人发现他们行李箱里的大笔钞票。他们有那么多的钱，而且还随身带着，这是为什么？我猜测，要么他们是江洋大盗，要么他们的钞票是假钞。

“我回到房间之后，长吉一看到我就歇斯底里地哭了起来，她还是一再要求我和她一起去殉情。我一时也不知道怎么办，几近崩溃。陷入绝望之中的我，脑海里突然有了一个莫名其妙的念头，于是回应长吉：‘那我就杀了你吧！’

“然后，我将长吉带到浴场。我知道三造当时并不在浴场，我进到火房拿到了那把短刀——我以前调查过三造的隐私，因此知道他有那样一把短刀。接下来发生的一切你都从偷窥镜里看到了吧？那都是我自导自演的一场闹剧。

三十四

“我们两个人的行为确实有些疯狂。当时，我仅剩的理智是让你从偷窥镜里见识一下那疯狂的美艳画面。或许，我设计的这一切并非为了满足长吉一死了之的决心，而是为了满足你的偷窥欲，为了让你一睹那无比可贵的诡异画面。唯一不确定的是，我不知道你当时有没有在盯着镜子看。我真的害怕，一旦我费尽心思设计的这一切被你错过了，多么遗憾！我忽然又想到了先在地板上留下血迹的方式，这样就能留下证据，这样会让我设计的这一出戏更真实。但我想要强调的是，这也只是我临时起意的行为罢了。

“一次旅行途中，我从一个朋友那里得到了一个针筒。我忘了告诉你，我对医疗器械有着不可言说的热衷，甚至痴迷。

我一直把这个针筒带在身上。这一次，它还真的派上用场了。我从长吉和我身体里一共抽出了大约一碗鲜血吧。然后我将这么多鲜血用海绵涂擦在地板上。将自己的血和恋人的血混合在一起，这样的情节戏剧中都少见吧？”

“一碗血？怎么看上去那么多呢？地板上显示的血量，足以致命。”我插了一句。

“是啊，重点就是这里，”河野忽然间显得无比兴奋，“同样的一碗血，擦拭在地板上和涂抹在地板上，所呈现出来的效果完全不同。如果是擦拭效果，显得血量大，看上去足以致命。当时，我先是将血液涂抹开，然后再用力擦拭。你知道的，我的职业赋予了我这种特殊的能力。我是一个流浪画家。我甚至还在墙壁上以及柱子上模拟出了血迹喷溅的效果。最后，我将剩余的一点儿血涂抹在了那把短刀上。我将短刀放回白色铁皮盒之后，赶紧帮助长吉离开了湖畔亭旅馆。当时，对于长吉来讲，没有别的选择，否则她将被冠以窃贼的污名。”

“长吉当即离开湖畔亭，在黑暗之中，朝着Y町相反的方向逃走了。”河野补充道。

事情果真如此简单？我难掩失望之情。表面看来，所有的情况都得到了合理的解释。但是，如果那真的是一场戏，还有更多不合理的地方！

“但是，对岸村民闻到的焚尸的气味是从哪里来的？”我连忙抛出我的疑问，“以及，烧火的三造又是怎么死的？你刚才说三造的死和你有关，如何解释？我实在想不通。”

“你接着听我说，”河野这时候显得异常消沉，“其实，接下来发生的事情，你都大概知道的。十一号房间的两个男人提着行李箱消失得无影无踪，任凭警方如何搜寻，毫无结果。这对我来讲，倒是个有利的消息，使得我导演的戏码更加真实。大家更确信，长吉已经遇害，并且凶手就是那两个男子。但是后来我慢慢觉得越来越不对劲，人们对此案的关注甚嚣尘上，使得我无比担忧。我自然无法向世人坦承那是我搞的一场恶作剧。因此我十分担心某天那两个男子一旦落网，真相将大白于天下。”

“我一时兴起犯下的错误，真的让我后悔不已。我知道，长吉一定在我们约好的地方痴痴地等着我。但是我一时真的无法前往。那些天，我表面上镇定自若，其实内心翻江倒海，备受煎熬。你根本想象不到我有多么痛苦！”河野说道。

“我在你面前，常以私家侦探自居，但是我内心十分焦虑，每日担心我导演的戏码会露出破绽。好在，我和你去拆除偷窥镜装置的时候遇到了那个神秘黑影。那个黑影不是别人，正是烧火的三造。三造一向有盗窃的坏毛病，他身上装有老板的皮夹子并不奇怪。问题是那里面的五百元钞票让人生疑。老板说那钱是他的，但我明显感觉有问题。老板是个贪图小利的人，他的话怎么能信？因此，我觉得三造肯定有问题，从那以后我对三造展开了更秘密的调查。结果，我发现了一些令人惊讶的事实。”河野继续说道。

三十五

“三造不知道从哪里得到了那两个行李箱，并把它们藏在了火房的柴火堆里。那两个男人逃跑的途中可能是嫌行李箱太碍眼，因此就将行李箱藏在了森林里。不巧的是，他们藏行李箱的时候，被正在山上拾柴火的三造看到了。于是，三造便将那两个大行李箱——连同里面成沓成沓的崭新的钞票——捡了回来。这就足以解释我捡到的那个皮夹子里为什么有五百元新钞票了。虽然情势十分危急，但也不至于将满满两大行李箱的钞票藏在山里，这里面必有蹊跷。难道那里面放着的是假钞？要么就是他们只是暂时藏在山里，等危急情况一过，再回来拿？我感觉那个拿着手电筒在伸手不见五指的黑夜出现在森林里的人就是来找行李箱的。

“现实完全超出了我的预期，我越来越不知道该如何应对。我完全没有想到，我自导自演的一出恶作剧会发展至此。我每天都为此焦虑不已。你还记得吧，警方四五天前开始转移搜寻目标——将那两个行李箱列为主要搜寻目标。三造听说后非常害怕。有一天晚上，夜深人静的时候，三造将行李箱一点一点地拆毁，并扔进火炉里烧掉了。这一切都被正在一旁偷窥的我尽收眼底。行李箱燃烧时的气味随着猛烈的南风，飘到了对岸。那里的村民将这兽皮燃烧时发出的气味，误当成了焚烧尸体的味道。

“我曾听过这样一个故事，国外一个乡下的一户人家的烟囱某天突然呼呼往外直冒黑烟。一时间，四面八方笼罩在一种只有火葬场才有的味道之中。于是，人们纷纷传言，说那家人正在焚烧尸体。后来经过调查才发现，人家根本不是在焚烧尸体，而是将旧皮鞋及各种皮质物品扔进火炉烧掉了。为什么会产生这样的谣言，原来那一家的男主人曾是一桩凶杀案的嫌疑人。

“我当时并未多想，只担心一个事，那就是一旦傻子三造有什么不适宜的举动导致真相曝光，我该如何自处？为了尽可能拖延真相曝光的时间，我只好想办法让三造出逃。于是，我便想方设法暗示三造——警方已经在怀疑他了。果然见效了，三造得知这一消息，非常不安。三造毕竟是个傻子，完全没有看破我的企图，以为是自己偷走了那两个行李箱，所以被警方列为凶杀案的嫌疑人。你还记得我的巡查朋友拜访我的那天吧，就是那一天，三造带着成捆成捆的钞票向深山里的老家逃去。对于这个结果，我非常满意，甚至有点儿得意。我尾随三造进了山里，我其实是带着保护他的目的跟踪他的。

“然而，就在发现三造尸体的那个路段，意外发生了，也许是路况太危险了，三造失足掉落山崖。我追下去，想要救三造，但是三造已经没有生还的希望。回想起来，三造确实挺可怜。纵使他有万般错误，但由于智力有限，也情有可原，罪不至死。我开始后悔我对他的教唆。也许是我的行为，导致他断送了自己的生命。我犯下了如此弥天大错，以致不敢直视他的尸体。于是，我捡起他的包裹，准备返回宾馆，将这一切告诉其他人。

“在返回旅馆途中，我突然想到，三造确实可怜，但是他毕竟已经死亡，如果让他将这一切承担下来，此案的一切难题不就迎刃而解了吗？长吉将会被人认为已经死亡，后半生会在自由自在中度过，这不正是我的初衷吗？况且，短刀、手背的印痕、三造的盗窃行为，这都将是确凿的证据。想到这里，我立即打消了原有的计划，准备隐瞒三造已经失足而亡的事实，继而盘算如何才能将这一切都推到三造身上。

“返回旅馆后，我的巡查朋友正好来拜访我，并且向我说起了对岸村民闻到类似焚烧尸体的味道的事情。这时，我突然恍然大悟，这关键的最后一环终于到来了。接下来，我只要在你和巡查面前将我已经谋划好的一切讲出来就大功告成了。”

河野说到这里，终于舒了一口气。

“现在，我再说说那些钞票。我想如果那些钞票都是真的，我便一夜暴富了。也许是出于这样的考虑，我真的舍不得烧掉那些钞票，便将它们放在了我的提包里，不想被你看见了。如果我不向你讲明这一切，我担心来日有一天你会一不小心将看到的这一切透露出去，因此我才苦苦挽留你，将这一切都告诉了你。”河野继续说道。

“换句话说，这一切都是源于长吉的歇斯底里，都是源于我的一时起意。另外，又因为几个意外或者巧合的加持，才使得这一切变成了一起看上去无比血腥的凶杀案。”河野终于将一切和盘托出。

河野所说的命案之后的真相真的让我大吃一惊。

“我说的真的都是事实。我希望您能将这一切永远埋藏心底，永远不要告诉任何人。此事一旦曝光，不仅我以后无法面对世人，长吉也会被雇主抓回去，后半生将在痛苦中度过。请您答应我的请求好不好？”河野用几近哀求的语气对我说道。

“我当然知道，我不会说出去的，放心吧！”我被河野的话感动了，不禁向他保证，“你快去和长吉会合吧！她一定在等你。我祝你们幸福。”

不久，我带着一种莫名其妙的心情和河野告别。河野则十分感激地送我到车站，一直目送我搭车离开。

那以后，一直到现在，我都没有再见过河野和长吉。这期间，河野给我写过几封信，但我并不清楚他和长吉生活得怎么样。

最近，我又接到了河野的信。这一次，他的信写得特别长，这在以前是未曾有过的。河野在信中告诉我，长吉已经离世了。河野还告诉我，他将前往东南亚某个岛屿生活，他将在那里和朋友开创一番事业。我从河野的言语之间隐约得知，他很可能再也不会回日本生活了。这么说来，我终于可以一吐为快了，我可以说出这个已经隐藏在我心里多年的秘密了。

亲爱的朋友，这个故事到这里也该告一段落了。至于河野最后拿走的那么多钞票，究竟是不是真的，我至今也没搞清楚。不过，我想那应该是假钞。

但是，我不得不说，对于这起案件，我还有一个大大的疑问。这个疑问让我十分痛苦。与河野道别以后，这个疑问一直纠缠着我。假如我的直觉是正确的，那么真的太可怕了！因为我很可能包庇了一个凶残的杀人犯。但是我真的不敢面对我的这个疑问，毕竟河野还活着，况且他还有远大的抱负。我想我没有必要因为一个早已经尘埃落定的陈年旧案再白白牺牲一个人，何况那个受害人还是一个傻子。

阿势出场

一

病秧子鬼格太郎今天又是一个人在家，他妻子完全不管他。此刻，他止一个人呆呆地发愣。其实，鬼格太郎是个心地善良的人，即使这样他也常常生气，他曾不止一次想要休了他的妻子。但是由于常年生病，他的意志越来越薄弱。再加上剩余的日子不多了，孩子又那么可爱，他如今也不敢太过鲁莽了。

对于鬼格太郎的境遇，他的弟弟格二郎十分看不过眼，他尤其看不惯哥哥的懦弱无能。格二郎经常这样劝哥哥：“你为何这般忍让？换作是我，我早就和她离婚了，她不值得你可怜！”

格太郎有自己的打算，他如果现在与阿势分手，她和她那个小情人估计一天都生活不下去，但即使这样他也不是怜悯他们，更不是出于无端的慈悲之心。他是为孩子着想吧！所以即使阿势如此，他也不愿和她分开。

实在丢人啊！格太郎有点儿难以启齿。非常担心被妻子抛弃，所以格太郎根本不敢和妻子摊牌。

而阿势呢，她早就看穿了格太郎的心思。这么说吧！他们俩达成了一种心照不宣的默契。阿势和情人偷情之余，也会施舍一点儿爱给到格太郎。格太郎难道不觉得窝囊吗？但有什么办法呢！

“权当为孩子着想吧，我不能太过鲁莽。我不知道还有多少日子了。孩子以后若连母亲都没有了，那将如何生活？忍耐吧！我知道，阿势应该很快就会迷途知返了。”

格太郎每次的回答都差不多。每每听到这样的回答，格二郎都气得牙根儿痒痒。

格太郎的一步步忍让换来的并不是阿势的回心转意，而是变本加厉地沉迷于她的婚外情中。阿势基本每天都会外出，理由是她的父亲病了，她要回娘家探病去。

当然，要是想查清阿势的行踪，那是很简单的。但是格太郎并不打算这么干，他有时候甚至会为阿势找理由让她外出，很奇怪吧？

今天一大早，阿势就忙忙碌碌，梳妆打扮，声称要回家探病。

“回娘家需要这样精心打扮吗？”

格太郎强忍住这句话，没有问出口。

长期以来，强忍住想要说出口的话，反倒给格太郎带来一种自虐式的快感。

家里只有他一个人，他只能无聊地摆弄那些盆栽。他赤脚在庭院里忙忙碌碌，一直到浑身都是泥土，他的心情总算好一些了。格太郎已经形成了这样的习惯，不管是在别人面前，还是于自己来讲，他都要表现出一副沉溺于某一项爱好之中的模样，并且非常享受。

午餐时间，女佣过来问道："老爷，午饭已经好了，您还是晚点儿再吃吗？"

女佣的语气中不无同情，且行事非常小心，这反倒加重了格太郎内心的痛苦。

"已经到午餐时间了吗？那开饭吧！正一呢？叫他过来吧。"格太郎假装十分快活。好长时间以来，他一直如此。

每每阿势出去的日子，午餐都异常丰盛——连女佣都在可怜他。家里的气氛太过沉闷了，正一像泄了气的皮球，在外面横冲直撞的那种气势一点儿都没有了。

"妈妈去哪里了呢？"正一知道妈妈去外公家里了，但还是问了一句。

"去外公家了……"

女佣回答道。

正一“哼”了一声，随后发出一声本不属于一个七岁孩子的冷笑。他还只是个七岁的孩子，但是他好像已经懂得了不应该在父亲面前追究这件事。

“爸爸，我可以请朋友们到咱们家里来玩儿吗？”

饭后，正一撒娇似的来到父亲面前。

格太郎无端地觉得这是孩子对自己的谄媚，心底不由得升起一种莫名的悲凉感。这种时候，他都十分厌恶自己，但是他还是强装镇定地对儿子说：“当然可以，不过要安静地玩儿啊……”

得到父亲的允诺后，正一大喊一声“太好了”，然后便飞快地跑了出去。

转眼之间，正一就找来了三四个玩伴。格太郎还在餐桌前面对残羹剩饭剔牙呢，正一那边已经传来了孩子们玩耍的声音和玩具碰撞在一起的声音。

二

孩子们怎么可能乖乖地待在一个房间里！很快，他们玩起了捉迷藏，在各个房间里跑来跑去。

一时间，孩子的脚步声，女佣的劝阻声，一下传进了格太郎的耳朵里。有更淘气的孩子甚至打开了格太郎身后的纸门。

“啊？叔叔您在这里？”

一看到格太郎在这里，那孩子连忙尴尬地跑开。

就连正一都跑来了，他跑进来，忙钻进格太郎面前的桌子下面，说：“我就藏在这里吧。”

看到孩子如此，格太郎百感交集，这孩子多好啊！要不今天不玩弄那些个盆栽了，和孩子们一起玩耍吧！

“正一，别闹了，来，把大家伙儿叫来，爸爸给你们讲个故事听。”

“太好了……”正一听了非常兴奋，高兴地从桌子下钻出来，跑了出去。

“我跟你们讲，我爸爸特别会讲故事。”正一一边做着介绍，一边把小伙伴领进了格太郎所在的房间。

“给我们讲个故事吧！恐怖故事也成。”

孩子们一个一个席地而坐，好奇地看着格太郎。其中也有孩子怯生生地看着格太郎。他们都不知道格太郎得了严重的病，即使他们知道，但他们毕竟还是孩子，所以不会像来访的大人那样非常谨慎。这一点让格太郎非常欣慰。

格太郎强打起精神，想到一个故事，然后不紧不慢地讲了起来。

“故事是这样的，很久很久以前，有一个国王……”

格太郎讲完了一个故事，但孩子们好像并不满足。他们吵吵嚷嚷地起哄：“再讲一个，再讲一个！”

盛情难却，格太郎根据孩子们的要求又讲了好几个故事。他和孩子们一起沉浸在故事的美好世界之中，充满了各种期待。在这样的过程中，他心底升起一种近来少有的幸福感，心情变得非常好。

“好了，讲故事环节到此为止！接下来，我们玩捉迷藏，我也要加入。”

格太郎这样对孩子们说道。

“好啊，开始捉迷藏喽……”

孩子们非常兴奋。

“就在这个房间如何？来，我们划拳！”

“石头……剪刀……布……”格太郎像一个大孩子一样高兴。或许是因为身患重病，或许是对于被妻子背叛的一种无力的回击，他的言行看似风平浪静，但实际上充满了自暴自弃的味道，这是不争的事实。

开始的时候，他扮作鬼寻找孩子们。后来他又转换角色，跟着孩子们藏进柜子里，躲在桌子下，以隐藏他偌大的身体。

“藏好了没有？”

“好了没？”

……

这样的声音一波又一波回荡在房间里。

格太郎藏在自己房间黑暗且隐蔽的壁橱里。

扮鬼的孩子寻找得非常认真，找到后就会大喊一声——“阿K，我找到你了……”然后又去下一个目的地寻找。被找到的孩子总是先“哇……”地大喊一声，然后才从藏身之地迅速跳出来。

藏起来的孩子一个一个都被找到了，唯独格太郎叔叔还没有踪影。

“叔叔藏哪里去了？”

“叔叔是不是已经出来了？”

孩子们叽叽喳喳地交换意见。然后他们一起慢慢地接近了格太郎藏身的壁橱。

“爸爸一定藏在壁橱里。”

正一这样说道。很快，房间门口传来了孩子们窃窃私语的声音。

格太郎马上就要被孩子们找到了，他不想就此结束。他想再让孩子们找他一阵儿，于是他打开壁橱里放着的长长的装衣服的箱子，藏了进去，然后盖上盖子，在里面大气都不敢出一口。

箱子里装着软软的被褥，他躺在里面倒也十分舒坦，就像躺在床上一样。

格太郎刚盖上箱子的盖子，就听见壁橱的门“嘎吱”一声打开了。

“叔叔在这里面，我找到了！”

格太郎听见有孩子这样叫道。

“啊，没有！”

“可是，刚才这里面明明有声音啊，是不是？”

“那一定是老鼠！”

孩子们在外面交谈着，对话里充满了童趣。孩子们的对话对于待在箱子里的格太郎来说有点儿遥远。幽闭的空间里，黑暗，安静，一点儿人的气息都没有。

“肯定是有鬼……”

有个孩子异想天开地喊了一嗓子。

然后，大家一哄而散！再之后，格太郎只能远远地听见孩子们在继续找他：“叔叔，你在哪里？快出来啊！”

接下来，格太郎又听见孩子们在打开别的橱柜门找他。

三

长衣箱里充满了浓浓的樟脑味，但是格太郎对这种感觉特别迷恋。忽然，格太郎想起了很多往事。这箱子好像是亡母的陪嫁，格太郎记得自己小时候常把这个箱子当成小船坐在里面。想到这些，他突然热泪盈眶。恍惚之中，他仿佛看到母亲那慈祥的面孔浮现在自己面前。

回到现实之后，他发现外面一片寂静，孩子们应该是找累了。他竖直了耳朵听，终于能听到一点儿动静。

“咱们出去玩儿吧！好吗？”有孩子带着十分扫兴的情绪提议道。

“爸爸……”正一这样喊了一声，然后跟着大部队出去玩儿了。

这时候，格太郎感觉自己应该从箱子里出去了。他想，自己应该出去吓唬吓唬这些没有一点儿耐心的小家伙了。然后，他使劲儿推了一下箱子的盖子，但是他并没有推开。箱子的盖子紧紧地贴着箱体，怎么都推不开！多么可怕的事实啊！格太郎心生一种恐惧。尽管发生这种事情的概率低之又低，但是却实实在在发生在他身上了。

箱盖和箱体的咬合处的正面的中间部分，箱盖上有一个带着铰链的金属板，对应的箱体的位置则有一个金属突起物。箱子盖上时，箱盖上的金属板扣下去，搭在对应的箱体上的金属突起物上，就算是锁上箱子了。刚才，格太郎钻进箱子里，盖上箱盖的时候，一不小心把箱子锁上了。

这种旧式的老箱子，用的都是上等的木头，非常结实，各个角上还镶着铁板，非常坚固，所以病恹恹的格太郎用尽全身力气也奈何不了它。

情急之下，格太郎开始大声呼叫正一，并且用力敲打着箱子。但是很明显，孩子们已经放弃寻找他了，可能已经跑到外面很远的地方玩耍去了。

格太郎又开始呼叫女佣，并用尽全身力气挣扎着。但是很不幸，女佣没有任何回应，也许她们正在井边休息，也许她们正在自己房间里干活儿，完全没有听见主人房间里的动静。

其实这也不难理解，格太郎的房间在宅邸的最里面，再加上他待在箱子里，他的喊声根本传不了多远！而女佣的房间在距离主人房间最远的厨房旁边，若非仔细听，根本听不见主人的呼喊声。

格太郎的声音越来越小，越来越沙哑，他想若再没有人发现自己，那自己将会死在这个箱子里。太荒唐了！可是他又想象不出这事儿哪里滑稽！

这种旧箱子一般都是老匠人精心制作的，恐怕连一个缝隙都没有留下！再加上刚才的剧烈呼喊，格太郎觉得自己呼吸越来越困难。

绝望之中，格太郎疯狂地用尽全身力气，踢打着箱子。如果他有一个健壮的身体，也许他真的可以在箱子上弄出一点儿小缝隙来，但是他现在的身体没有给他那样的机会，他现在身体虚弱得很，实在没有那样的能力。

情况越来越糟糕，箱子里的空气越来越稀薄，他的喉咙干燥得连呼吸都难受，更别说继续呼喊了！怎么办呢？格太郎此时此刻的心情可想而知有多么绝望！

如果是换个稍微体面一点儿的地方，格太郎或许会放弃呼救，安静地等待死亡的到来。然而，他接受不了死在自家衣柜里的现实，这太荒唐了！太滑稽了！

他想，如果自己继续呼救，说不定女佣能够发现自己呢！那样的话，自己的这场遭遇都将变成一个笑话一笑了之！

他得救的机会还是有的！他不会就这样放弃！但这样的不甘心导致了他愈加明显的恐惧与痛苦！

他在箱子里挣扎着，用力挣扎着。他甚至埋怨起女佣以及自己的儿子正一来！他们和他相隔的空间距离并不远，但是他们却如此漠视自己的呼救！太不应该了！虽然他们没有恶意，并不是成心不来解救自己，但是正因为他们没有恶意，他反而更恨他们了！

黑暗中的格太郎每一次呼吸都似乎是最后一次。他完全没有力气再发出任何声音。他感觉自己就像一条被人从水里打捞上来的鱼，只剩下苟延残喘的气力。

格太郎的嘴巴越张越大，露出了如骸骨般吓人的上下两排牙齿，以及没有任何血丝的上下牙龈。但他仍然徒劳地用双手抓向箱子，连指甲都脱落了，他也没有意识到。

这种濒临死亡的绝望是如此痛苦！但是格太郎仍然没有失去对生的渴求。他对自己的获救仍然抱有希望。他不愿意向死神低头！多么残酷啊！患了不治之症的人，或是死刑犯，都不见得会经受如此巨大的痛苦。

四

下午三点多钟，与情郎幽会完的阿势终于回到了家中。此时，格太郎正在箱子里与死神做着最后的搏斗！

阿势虽然大多时候心思都在情郎身上，但她并不是对丈夫完全没有愧疚感。

阿势见玄关大敞着，便觉得有些不寻常，不由得紧张起来！难道一直以来提心吊胆的日子就是今天？难道……

“喂，我回来了……”阿势以为至少女佣会出来迎接她，但是没有任何人回应她。

更奇怪的是，所有敞开的房间都空无一人，就连平日里那整天待在家里的病恹恹的丈夫此刻也消失得无影无踪。

“有人在吗？”

阿势走进餐厅，大声喊了一声，这时才听见女佣急忙地回应道：“在这里，在这里，我来了。”

一张浮肿的脸出现在阿势面前，她刚才也许是在打盹儿。

“怎么只有你一个人？”阿势强忍着一肚子气，没有发作出来。

“嗯，阿竹正在后面洗衣服。”

“老爷呢，老爷怎么也不在？”

“他就在屋子里啊。”

“怎么可能，没有呀！”

“啊，是吗？不可能啊……”

“你到底怎么回事？看看你偷懒的结果吧，就知道偷着睡觉了！这下可麻烦了！对了，正一呢？”

“他和小伙伴们刚才还在屋里玩儿呢，对了，老爷刚才还跟他们一起玩捉迷藏了呢！”

“是吗？真拿他没办法！”听女佣这么说，阿势总算是松了一口气，“那老爷一定在外面呢……你去找找他吧，在外面就好，不要喊他。”

阿势生气地吩咐完，进入了自己的房间。就在阿势照了照镜子，准备更衣的时候，她忽然听到隔壁丈夫的房间不时地传来“咔咔……”声音。那肯定不是老鼠在作乱，阿势仔细一听，好像还能听到沙哑的呼叫声。

阿势强忍住心里的恐惧，拉开纸门仔细观望，她发现橱柜的门敞开着，那声音好像就是从那里面传出来的。

“是我，是我，快救救我……”

那呼救声虽然气息微弱，断断续续，但是在阿势听来却出奇地清晰。阿势非常确定，那是丈夫格太郎的声音。

“天啊，亲爱的，你躲在箱子里干什么呢？”阿势一脸惊讶地来到箱子边，边开锁边问道，“对，你是在捉迷藏，对吧？谁这么坏呢？把你锁在这里面！”

如果阿势本质上就是一个十恶不赦的坏女人，那么她的恶毒不仅仅是体现在与人私通上，能在某些瞬间产生一些恶毒的奸计更是家常便饭。阿势打开锁，正准备往上抬箱盖的时候，她脑海里突然冒出来一个可怕的念头，她当即把箱子盖又盖了下去，并且迅速上了锁。

阿势以为自己当时应该感受到格太郎极力想要推开箱子的巨大力量，但是来自格太郎的力量太微弱了，几乎可以忽略不提。所以阿势不费吹灰之力，就将箱子盖住了。

事后，阿势每每回想起当时的场景，最令她心惊胆战的就是她向下推箱盖时丈夫那微弱的回击。对她来说，比起那些临终时满身鲜血的情景，这个场景不知要恐怖多少倍！

闲话不提，单说阿势锁上箱子以后，又将橱柜门拉上，之后便回了自己的房间。

阿势当然没有心情再更衣了，她的心理素质还没好到那种程度。她一脸惨白，坐在桌子前，无来由地来来回回推拉柜子上的抽屉，好像要刻意掩盖隔壁橱柜里可能会传过来的声音。

“我这样做，会不会受到惩罚？”

但是她完全没有心情仔细思考这些事情，她几近发狂，坐立难安，不知道做些什么好，脑子里一片空白，人有时候果然是没有思考能力的。

事实上，阿势一遍一遍地在回顾刚才的所有细节，好像并没有什么破绽。很明显，格太郎是和孩子们玩捉迷藏游戏的时候不小心将自己锁在了箱子里，孩子们和女佣都是可以作证的。至于箱子里格太郎的求救声，房子这么大，没有听见完全正常！女佣一直都在家，不也一直没有听见吗？

很多细节，阿势可能没有想得如此仔细，但是她还是在心里一直告诉自己，没事的！不要紧！

去找孩子的女佣还没有回来，在后面的房子里洗衣服的女佣看来也没有完事呢，格太郎的呻吟和挣扎赶紧停止吧！阿势在心里不停地祈祷着。但是箱子里格太郎那轻轻的呻吟声仍然不绝于耳，虽然声音很小，但却十分清晰！他是有多么不甘心啊！有那么一个时刻，阿势甚至以为那声音源于自己的幻觉，所以将耳朵贴在箱子上仔细听了听，没错，不是幻觉！那声音确确实实来自格太郎！隐隐约约地，她甚至听见了来自格太郎那干燥的喉咙的辱骂声——那肯定是对阿势的咒骂！但无论如何，她是不敢再打开箱子了！尽管有那么一个瞬间，她脑海里掠过了这么一个念头！如果那样的话，她肯定会接受严厉的惩罚。她庆幸自己仍然很清醒。

事到如今，顺其自然吧！阿势心想。

话说箱子里的格太郎又是怎样一番心境呢？阿势居然想到了这一层。箱子里的格太郎的痛苦可想而知，以致她差点儿改变主意打开箱子。但是她也知道，她的想象与箱子里正在承受痛苦的当事人相比，不过是千分之一、万分之一。

箱子里的格太郎本来已经陷入绝望，但是随着阿势的回来——她甚至已经将箱子打开，不管过去他对她多么有成见，但是那一刻他一定是欢喜的。如果阿势真的能解救格太郎于如此危险之中，哪怕她再出轨两三次，估计格太郎也会对她顶礼膜拜！

纵使对于格太郎这样一个身患重病、死期将至的人，在生命攸关的时刻，对生命的珍惜也不亚于任何一个正常人。但是从绝望到希望，再到绝望，格太郎好像一下子被推入了一种无法言说的绝望之境。这个奸妇打开箱子又将箱子锁上——这个行为施加给他的痛苦，比死亡给他带来的痛苦要痛苦几十倍！假如谁也没有发现他被锁在了箱子里，他就那样静静死去，他毫无怨言，那样他也不会在临死前还要遭受如此痛苦。

阿势自然无法感受格太郎此刻正在经受的痛苦。但是她也曾不止一次心生同情，也曾不止一次对自己的行为感到懊恼。但是事已至此，阿势对于自己所处的处境也无能为力。

箱子里已经完全安静下来了，阿势站在箱子面前浮想联翩，她想到了情郎那令她沉迷的面容，格太郎留给她的足够她轻松过活甚至和情郎奢靡度日的大笔遗产。光是想到这些，就足以让她忘掉她对死者还有的一点儿怜悯。

阿势带着常人难以想象的平静回到了自己的房间，她平静到离开箱子时嘴角甚至掠过一丝冷笑。

五

晚上八点，在阿势的安排下，格太郎被“偶然”发现死在了箱子里。然后，一家人惊慌失措，完全乱成了一锅粥。

亲戚、佣人、医生、警察……接二连三赶来的人将偌大的客厅挤了个水泄不通。验尸的环节肯定是不能省的，所以格太郎的尸体一直静静地躺在箱子里。很快，格太郎的尸体旁边围满了人，难忍悲伤的格二郎以及看上去十分悲伤的阿势也夹杂其中。阿势和格二郎的悲伤毫无差别。

格太郎所在的箱子被抬到了客厅的中间，一个警察将盖子打开了。已经死去的格太郎的脸虽然已经完全变形，但是仍然难掩痛苦之情，在灯光下显得十分恐怖，眼睛突出，嘴巴张大到了一个极限，手脚在痛苦的挣扎之中已经痉挛到变形，往日里服服帖帖的头发也是一头蓬松。如果阿势体内没有住着一个真正的魔鬼，那么她只消看一眼格太郎的尸体，就一定会幡然悔悟。但是阿势并没有敢看一眼格太郎的尸体，当然更谈不上自白，别说她说出来的话了，就连她流下来的眼泪都带着虚伪的气息。

有一点，阿势非常吃惊，那就是即使她有杀人的胆量，但是她能冷静至此，她真的没有想到。当她跟情郎幽会完回到家里，看到玄关大开，她还曾那样紧张——当时的她也是确确实实的她，但是再看看现在的自己，她真的不敢相信现在的自己还是自己。那么如何评判阿势的这种冷血？只能认为她体内确实藏了一个嗜血的恶魔。

验尸结束后，格太郎的尸体被抬出来放到了其他地方。一直到这时候，也就是当大家不再那么惊慌的时候，大家这才发现了箱子内壁的手指抓痕。

通过那些抓痕，即使没有亲眼看见格太郎惨死之状的人也能想象得到当时他是多么绝望！那些抓痕，是死者格太郎对于生的执念！那些抓痕，就是瞥一眼，都会觉得后怕，更别说多看一眼了。

随着格太郎的尸体被搬到别的地方，人们也移步到别的房间了。只有两个人留下来了，那就是阿势和格二郎，因为他们在格太郎于箱子内壁留下的指痕上发现了一些不寻常之处。

那究竟是什么？阿势和格二郎盯着箱子内壁凌乱的抓痕。仔细察看，不难发现，那些凌乱的抓痕之中似乎隐藏着字迹，有的大，有的小，斜的，歪的，再仔细一看，那好像是阿势的名字。

“对，那就是嫂嫂的名字！”格二郎专注的神情转向阿势。

“好像真是！”阿势居然如此镇定，即使面对这样的情景，她居然也如此镇定，令人震惊！

她肯定认识那两个字，她当然也十分清楚自己的名字出现在那里意味着什么。那是格太郎临死前留下的诅咒！是他的不甘与绝望！他多想将阿势的丑行通过这样的方式告诉后人，但是上天没有给他这样的机会，他拼尽全力只写下阿势的名字。然后，他带着对这个世界的不甘与仇恨心酸地死去！

格二郎也许是太过善良了，他根本没有多想，当然更想不到箱子内壁的字暗示着什么。格二郎看了嫂子一眼，他虽然感觉不是很正常，但也只有一点点怀疑。他想，哥哥对嫂子的感情竟如此之深，临死前还对她念念不忘，真叫人感动。

“天哪，他对我竟有如此深情！”

阿势的语气里五味杂陈，然后惊叹一声。格二郎好像从嫂子的语气之中听到了些许懊恼的意味。

忽然，阿势用一条小手巾掩住自己的脸，呜呜呜呜地哭出了声。恐怕世界上最好的演员，也流不出那么悲伤的眼泪。

葬礼结束后，阿势的戏码还在继续。她先是毅然决然地和自己的情夫分了手——当然只是表面上。她的这一举动果然奏效，几乎消除了格二郎对她的怀疑。

理所当然地，阿势继承了数目相当可观的遗产。

然后，她找理由卖掉了自己和正一住了好久的住宅。再然后，她又无数次地更换住所，一直到成功摆脱亲戚朋友的视野。

至于那个箱子，阿势悄悄地卖给了旧家具商，后来又流落到了哪一家，那就不清楚了。箱子内壁的抓痕和奇怪的文字，会引起新主人的好奇吗？箱子的新主人会感受到箱子内壁那凌乱抓痕中蕴藏着的可怕的执念吗？他又会怎样理解那不可思议的“阿势”两个字呢？这一切都不得而知。

人间椅子

每天早晨送丈夫上班之后，佳子才会拥有完全属于自己的闲暇时间。每每这时，她都会独自待在平时和丈夫共用的书房。

这段时间，她正在创作一部长篇小说，约稿方是K杂志。

作为作家，佳子不仅才华横溢，而且面容姣好，虽然刚刚展露文坛，但甫一出世，便声名鹊起，锋芒直逼在外务省当书记员的丈夫。

现在，她几乎每天都会收到仰慕者的来信。

每一天，她坐在书桌前的第一件事就是简单浏览那些仰慕者的来信。今早也是如此。

那些信件大部分内容如出一辙，乏善可陈，但是女人特有的天性，尤其是佳子这样温柔体贴的女性，无论信件来自何方，内容如何，她都会大致读上一遍。

她一般从最轻薄的信件开始。读完两封信和一张明信片以后，她随手拿起了一个疑似里面装有稿件的厚重的信封。以前也发生过类似的事情，毫无征兆，连招呼都不打一声，就直接寄来厚厚的稿件，常常让她有点儿措手不及。尤其，其中大部分都是可读性并不好的沉闷的稿件。不过，她还是想看看标题，于是打开信封，准备取出一沓稿子读一读。

果不其然，里面果然是厚厚的稿件，已经装订成册。不过，与以往不同的是，这个稿件既无标题，也没有署名，直接以“夫人”的称呼开头。难道这是一封信？疑惑之间，佳子的眼睛已经扫描了好几行内容。然而就是这么一点儿内容，已足以使她心生恐惧。好奇心驱使，她继续读了下去。

夫人。

我们并不认识。这次去信，实在是太过冒失，望见谅。

对于我的来信，夫人一定会特别吃惊。让夫人看到以下内容，我十分抱歉。但是，这是我必须做的，我必须向夫人坦白我曾经犯下的种种不可饶恕的错误。

过去的几个月，我像是从人间消失了一样，我整日里像是生活在地狱一样。这世界如此大，但没有一个人知道我的所在。不出意外，我将不会重返人间。

我也不曾想到，我的心情竟会这般煎熬，当然更多的是忏悔。我突然这么说，您肯定特别不能理解。是的，您需要读一读下面的内容。也许，当您读完下面的内容，您才能真正理解我为何会如此用词，那时您也将明白我为何会特意邀请夫人来聆听我发自内心的忏悔。

但是，我该从哪里讲起呢？连我都有点儿混乱。我即将要讲的事情太离奇了，也许这也是我想讲给夫人您听一听的一大原因。唯一觉得遗憾的是，我采用了这种独特的方式来和夫人沟通。

我下面的书写可能会十分拖沓，请见谅。任何时候，任何的犹豫不决，都是不可取的！那我就按照时间顺序写下去吧！

我天生丑陋无比，请夫人您一定要记住我说的这一点。否则的话，一旦您接受了我厚颜无耻的见面的请求，我担心当您见到我于人间炼狱之后越来越丑陋且丑陋到让人不忍目睹的不堪容颜时，会产生过激行为。

对于这一点，我也实在没有办法。

我真正的不幸在于，我如此丑陋，心中却像其他任何人一样拥有对生活的一片炽热。很多时候，我甚至会忘掉自己的丑陋以及身为一个最低贱的工匠的身份，对生活充满很多期待，甚至每日里做着各种不现实的甜美的梦。真是不自量力！

我曾多少次幻想，如果生在富贵之家，我也许能借助金钱和地位毫不费力地游戏人间，以缓解甚至消除我丑陋的容颜给我带来的额外的悲伤。

又或者，如果我有能力纵情施展自己的才华，我也许会在美丽的诗句中慢慢淡忘人间的忧伤。

只是，幻想只是幻想，我出生于一个家具工匠之家，靠祖传的手艺糊口度日。我也没有任何才情。这是我的悲哀。

我最擅长的就是打造椅子。我打造出来的椅子，连这世界上最挑剔的客户都找不出任何不满，因此我的老板常常因为这一点高看我一眼，我也因此经常能拿到很多昂贵的订单。这些昂贵的订单，要么是对靠背或者扶手有特别的雕刻要求，要么就是对坐垫的弹性和椅子各细节之处的尺寸有特殊的偏好。

作为制作椅子的人，我们花费的心思和洒下的汗水，外人难以想象。但是，付出越多，收获越多，打造椅子也是这样，完工时面对精美成品时的喜悦之情，简直不可抗拒！我的表述也许不甚恰当，我的理解是那种心情和艺术家完成一幅满意的作品时的心情相差无几。

每一次，当我完成一把椅子，我都是第一个试坐的人。每每这时，我总感觉所有付出都心甘情愿，任何收获都心满意足。每一次，我都会想，以后坐在这个椅子上的人也许是一个绅士，也许是一个大家闺秀，总而言之，能够花这么大的代价定做这么昂贵的椅子的人家，肯定或者至少有一所豪华的房子。这样的房子里，墙上必定挂着某些画家的杰作，天花板上悬下来的水晶吊灯定然价值不菲，地上铺的地毯也一定奢华至极。同时，和这样的椅子搭配在一起的桌子上一定摆放着珍贵的奇花异草，时时洋溢着沁人心脾的花香。每每开始这样的幻想，我便觉得自己好像成了这样的豪宅的主人。虽然只是幻想，虽然只是短暂的幻想，但是我却感觉十分受用。

在漫无目的的幻想中，我的贪欲越来越大，好像永无止境。现实中的我，丑陋，贫穷，下贱，卑微……幻想中的我，成了文质彬彬的大家公子，整日里儒雅地坐在自己打造的椅子上醉生梦死。我常常在梦中才能见到的曼妙女子也经常娇羞地坐在我的旁边，微笑着乖巧地聆听我说的每一个字，甚至和我十指紧扣，说着香音蜜语。

沉溺于美妙的幻想中的我总是被邻家大妈粗鲁的说话声或者隔壁病重的孩子那歇斯底里的哭声惊醒。梦回现实，丑陋的现实伸着懒腰在我的面前慵懒现身，看着和梦中的贵公子毫无关系的自己，更别提那些和可人儿讲的甜言蜜语，我一时无言。别说别人了，就连旁边那整天累得灰头土脸的小保姆都懒得看我一眼。那些我打造出来的精美的椅子，冷冷地待在地上，很像是我那些美梦的残骸或者碎片。更悲哀的是，这些终究也不属于我，终有一天它们将被它们真正的主人拉走——到一个和我的世界截然不同的新世界。

基于这样的心情，每完成一把椅子，一种无以言说的失落心情不由得就会从心头升起。那种心情真是让人痛苦！时间久了，那种心情积累得越来越多，竟让我再也无法承受。

“如此苟且偷生，与死何异？”这样的念头一次又一次在我的脑海里浮现。我甚至开始认真思考起这个在一般人看来基本无法承受的话题。即使在工厂里用力地敲打凿子，或是钉着钉子，或是搅拌臭气熏天的涂料时，我也会时不时想起这个残酷的话题——不如死了算了。但是，我也不知道是哪一天产生了这样的一个想法——“可是，既然都有一死了之的决心了，难道……”我的思绪好像忽然转了个弯。

就在这时，我接到了一个特别的订单。客户要求我打造一批我之前从未尝试过的大型皮革扶手椅。根据订单，我得知这批椅子最终要被送往我们所在的Y市的一家外国人开的饭店。这家饭店的老板本来计划从本国定制椅子。但是我的老板经过很多次的尝试——他对饭店老板说日本有最优秀的工匠，打造的椅子一点儿都不差——终于说服这家饭店的老板，从我们这里订货。当我得知这个单子实在是来之不易，我用了更多的精力，更认真的态度，来面对这批椅子。

当我完成这批椅子的时候，我内心里获得的满足感真的是前所未有。像以往一样，我将一组——四把椅子——搬到一个装有木地板的采光良好的房间。然后，我心满意足地坐在其中一把椅子上。

这椅子多舒服啊！软硬适中的坐垫，原装皮革的触感，角度合适的靠背，曲线协调的扶手……简直完美——完美地呈现了“享乐”一词的真实内涵。

在这样的椅子里坐着，手扶舒服的扶手，背靠舒适的靠背，我不知不觉陷入了幻想，像往常一样，幻想带着彩虹的颜色，来到我的眼前，让我无比兴奋。忽然，我感觉我眼前的一切并不是幻觉，而是事实！一切都如此真实，难道是我真的疯了吗?

就在那一刻，我脑海里闪过一个念头，一个邪恶的念头！那也许就是恶魔的念头吧！尽管那个念头荒唐不羁，并且耸人听闻，但是我却十分痴迷！那念头似乎自带一种蛊惑的力量，让我无法自拔！

说到底，我只是不想与我亲手打造的精美椅子分开。如果只有一点点可能，我也愿意陪它们到这世界的任何一个角落，至死不渝。当我再次掉入幻想的深渊时，我突然发现这样的想法与我脑海里一直在萌生的一个可怕的念头不谋而合。我也许真的是疯了，我居然有这么奇怪的想法，我甚至想到要去实践。

几乎疯狂的我，想到做到！就在那一刻，我三下五除二拆掉了我自认为最完美的那把椅子。

这么说吧！我已经在实施我那可怕的计划了！

这次客户定制的这种扶手椅子相当大。坐垫之下的空间并不是常规的四条椅腿结构，而是箱体结构，外面用皮革包裹着。另外，这种椅子的靠背和扶手十分厚重，内部又都是相通的，因此里面藏上一个人，外人根本看不出来。除此之外，椅子的结构和任何平常普通的椅子一样都是木框结构，只是多了一些弹簧，以使椅子坐起来更舒服。

经过我的一番改造，椅子的坐垫下面可以放下一个人的腿部，椅子的靠背后面可以放下一个人的上身和头部，只要按照椅子的形状坐进去，便能坐进去一个人，外面看不出任何破绽。

木工活儿尤其是打造椅子是我的拿手绝活儿。经过我的改造，这把椅子内部简直成了一间单身宿舍。为了呼吸方便，我在包裹椅子的皮革的一角弄出了一点儿缝隙，这样也方便里面的人随时能听到外面的动静。在靠背里面接近头部的位置，我打造了一个小小的储物架，里面可以放置干粮和水壶。我还在某个位置放了某个橡皮袋，以解决特殊需求。还有别的细枝末节的改造，我就不一一说明了。反正如果粮草充足，在里面待上个三两天，完全不会有性命之忧。

我脱掉外套，只剩里面的夹衣，打开椅子底部的出入口，然后钻了进去。那感觉太奇妙了！里面一片漆黑，密不透气，我几近窒息，那感觉就像是进入了坟墓一般。不过，这何尝不是一座坟墓呢？我进到椅子的那一刻，仿佛为自己披上了一件隐身衣，这人间再跟我没有任何关系了。

我静静地待在椅子里面。没过多久，我听见客户派人来拉椅子了。一直和我一起住在工厂里的我的小徒弟，对我的计谋完全不知情。我听见他和来拉椅子的人寒暄了几句后，他们就开始搬椅子了。我清楚地听见一名苦力苦哈哈地抱怨道："这椅子怎么这么重啊！"我吓出了一身冷汗。不过，这种扶手椅本来就十分沉重，他们也就没有多想。

拉椅子的平板车走在路上时不断发出的"咔……咔……咔……"的声音，最终化成一种奇妙的感觉，不断冲击着我的身体，让我十分兴奋。

一路上，我十分担心，但是没想到一切都那么顺利。我所在的扶手椅当天下午就被放到了一间大房子里。后来我得知，那间房子并不是私人房间，而是类似会客室或者休息室一样的房间。人们在里面抽烟，看报，等人……不断有人频繁进出。

夫人，您肯定已经猜到我此行的目的，那便是趁酒店房间空无一人的时候，从椅子里溜出去，在酒店里行窃。估计没有人会想到，这富丽堂皇的椅子里居然藏着一个人——确实太过荒唐。我想象着我可以趁人不在自由出入酒店所有房间。我行窃之后，酒店必然会历经一番骚乱，那时我只需跑回椅子所在的房间，躲进我那神秘的密闭空间，屏气凝神，默不出声，便可以躲过任何搜索。

夫人肯定听说过一种生活在海岸边的寄居蟹。这种蟹看上去很像大型蜘蛛。海滩上无人时，它们横行霸道，极为猖狂，然而一旦听到人的脚步声，便会迅速躲回自己的壳内，只露出令人恶心的毛茸茸的前爪刺探敌情。我是不是很像这种寄居蟹？我没有蟹壳，但是我有可以庇护我的神秘椅子；我虽然不生活在海边，但是我可以在酒店里为所欲为。

我的计划看似异想天开，但实施起来却异常顺利。进到酒店的第三天，我就大大地成功了一次。默默行窃时心情虽然异常紧张，但我却十分享受。成功盗窃后，那种不劳而获的心情更是让我不胜激动。人们在我耳边此起彼伏地喊着——“在那里！那里……”“跑到那里去了，快点！”我感觉十分滑稽。总之，这一切都让我着迷，让我不能自拔！我十分享受！

对于我一次又一次行窃的经历，我就不一一细谈了！我要讲的重点是下面的事情。向您坦白下面这些事情，也是我冒昧来信的真正用意。见谅！

在酒店里待的时间长了，我慢慢地发现了比行窃更惊险刺激的事情。这还要从我刚刚来到酒店时说起。

我藏身的椅子刚刚被搬到酒店里时，酒店老板就来试坐了一下。但是很快，房间里好像就没有人了，因为我听不到任何声响。我多想出去看看啊，但是我实在没有勇气。刚刚来到这里，就贸然从椅子里出来，实在是太冒险。我一定要确保房间里没有人才能出去。

接下来的很长一段时间里——我感觉非常漫长，我竖直耳朵，不敢漏掉哪怕一点儿声响。

很快，我清楚地听见，走廊里传来了一阵急促而沉重的脚步声。在快要走进我所在的房间里时，那脚步声突然变成了轻轻的摩挲声，我想那应该是房间里铺着高档地毯的缘故。

再然后，一股沉重的男性鼻息声，传进了椅子里。我有点紧张，但不等我紧张的心情有任何的缓解，我感觉有一副沉重的身躯隔着椅子坐在了我的膝盖上。那身躯，我感觉只有西洋人才有。那人坐下时，椅子还轻轻地弹了两三下。隔着包裹椅子的皮革，那男士的臀部紧紧地贴着我的腿；他的后背紧紧地靠着我的上身；而他的一双大手隔着皮革放在我的手上。之后，我感觉他抽起了雪茄，因为我明显感觉到，一股雪茄味混合着男人的体味透过皮革的缝隙钻进了椅子里面。

夫人，我感觉您应该能想象得到，当时的情景是多么滑稽！我当时极度恐惧，大气不敢出一口，腋下在不停地出汗，脑袋里更是一片空白。

接下来的一整天，不停地有形形色色的人来到椅子旁边，然后坐在我的膝盖上，不过没有一个人发现椅子里面还坐着一个人。或者可以这么说，那些坐过这把椅子的人可能从来没有想到过也永远不会想到他们坐在那把椅子上时，实际上是坐在两条有血有肉的大腿上。

我爱上了那奇怪的世界，那暗黑的世界，那被皮革包裹的世界，那充满魅惑和鬼魅的世界——外面的世界反倒与平常有了根本的区别，人更是成了一种奇怪的生物。怎么讲？我在椅子里感受到的人，不过是说话声、喘息声、脚步声、衣服摩擦声和充满弹力的肉块罢了。慢慢地，我学会了通过肢体触碰时的感觉来识别每一个人，而不是通过他们的容颜，比如肥胖如腐烂了的鱼肉的人，瘦骨嶙峋如一具骸骨的人。另外，我还可以根据背脊的弯曲度、肩胛骨的距离、手臂的长度、大腿的粗细以及尾椎骨的长度来辨别每一个人。我越来越意识到，从外表看，身材不管多么相似，人体的内在也是千差万别的。也就是说，不同的人不仅可以通过容貌和指纹来区别，通过触摸全身的骨骼也可以做出类似的判断。

对于异性的判断也是如此。在椅子之中，对于异性的判断，容貌再也不是标准，因为美或丑失去了相应的功效。在椅子的世界里，判断异性，只能通过肉体、声音和气味这三个指标。写到这里，我不得不提醒一句，夫人，虽然我这里的叙述有些露骨，但是绝对没有冒犯夫人的意思。

在椅子的世界里，我居然狂热地爱上了一个女子，她是第一个坐上这把椅子的女性。

通过声音，我知道她是个来自异国他乡的年轻女子。当时她可能因为心情太好的缘故，房间里也没有别人，她哼着小曲儿，踩着舞步进到了房间。她那一坐来得太突然。对我来讲，她那丰满且柔软的身体坐到椅子上来时，简直有点儿猝不及防。然后，她“哈哈哈哈……”地大笑起来，一边还手舞足蹈的，椅子中的她就好像是渔网中不停翻滚着的鱼儿。

在接下来的半个小时之久的时间里，她坐在椅子里，一边歌唱，一边配合歌曲扭动自己丰满的身体。

真的难以想象，居然有女子坐在了我的腿上。对我来讲，这是不可思议的事情。在我的意识里，女性是神圣的——不——是恐惧的——是让我恐惧的！我从来不敢直视女性。但是此时此刻，我却和一个妙龄女郎共处一室，并且同坐在一张椅子上，不仅如此，她的身体还紧紧地贴着我。尽管隔着一层皮革，但我仍然能感受到她柔软的身体和温热的体香。更难能可贵的是，她没有任何的不情愿，完完全全地将自己交付给了我所在的椅子，那种状态只有一个人独处时才能有。而我，坐在她的后面，我可以拥抱她，亲吻她带着体香的脖颈……不止如此，我还可以做我想做的任何动作。

有了这次奇妙的体验，我行窃的本来目的显得不那么急迫了，我完全沉溺在这新发现的触感世界中。我甚至以为，这神奇的触感世界才是冥冥之中上天给我安排的真正归宿。试想一下，我这般丑陋、懦弱、贫穷的家伙，在阳光下，只能怀着极度的自卑，苟且存活，毫无尊严。但是，当我来到这神奇的密闭空间，我完全换了一种存活方式。在充满阳光的世界中，我无法靠近的俏丽佳人，现在我可以如此靠近，我甚至能触碰到她们的肌肤，聆听她们的蜜语。

置身椅子的世界，爱上一个女孩，那种恋情，若不亲身体验，实在无法理解！我完全沉溺其中，尽管那种恋情不同于我们日常理解的恋情，是完全黑暗的恋情，只能通过触觉、听觉以及嗅觉感受。难道这就是变态的爱恋？难道这就是恶魔的恋情？通过这样的经历，我也不禁感慨，这世界人眼不及的地方，无时无刻不在上演的各种苟且，真是让人瞠目结舌，不可想象！

实际上，我原计划是达成行窃的目标，狠狠捞一笔以后，就赶紧离开酒店。但是这个新的发现，这种神奇的体验，让我实在不忍离去！我甚至决定，我从此要在这椅子的世界里度过余生。

每天晚上，夜深人静的时候，当我从椅子中出来并游荡在空荡荡的酒店中时，我虽然十分紧张，但是从来没遇上什么大危险。虽然已经习惯了这样的生活，但是那数月之内的安然无恙，还是让我十分震惊。我自己也不敢相信，我竟如此顺利。

长时间待在椅子的狭小世界里，长时间张着手臂，弯着膝盖，很多时候我身体都麻痹得站不起来了，因此我外出时经常像一个失去行走能力的人一样，匍匐着穿梭于酒店各房间之间，尤其是化妆间和厨房。你可以想见我的痛苦。我是多么疯狂啊！为了维持这种刺激的触感世界，我竟然置这许多痛苦于不顾。

即使有人把宾馆当成自己家常住，最多也不过一两个月就会离开，随着游客你来我走，络绎不绝，我那充满奇幻色彩的爱恋也经常变换着对象。但话又说回来，虽然我恋爱的对象如此多，但是她们的容貌都不曾留存于我的记忆之中，我只能通过触感感知她们。

通过我的感知，我接触了形形色色各种不同的人。有的人像健壮的小马驹，身体紧致结实。有的人如一条蛇一般妖艳，灵活多变。有的人身体肥胖如皮球般圆润，虽有厚脂肪，但难得地充满弹性。有的人肌肉发达，健壮如古希腊雕塑一般。

我也接触过一些特殊的来客。

有一次，来自某欧洲强国的大使——我是通过服务生的谈话得知的——坐在了我的膝盖上，他的身躯是那样沉重。除去政治家的身份，他还是一名卓越的诗人。能和这样的人物有如此近距离的接触，我倍感荣幸。坐在我膝盖上，和他的同伴聊了几分钟之后，他就离开了。当然，我完全听不懂他们在聊什么。但是他每一次做动作的时候，他温暖的身体就会随之做出一些反应，比如肌肉的不断收缩。每每这时，我都能感受到一种特有的刺激。

当时，我的脑海里突然掠过这样一个冒失的想法：假如有一把利刃从皮革后刺向这位大人物的心脏，那将会引发一系列怎样的连锁反应？他至少将重伤在身，他的国家和日本将会遭遇前所未有的恶劣的外交关系。同时，各路媒体将怎样报道这样的重大事件呢？或许，他的死不仅会影响日本的邦交关系，更是世界艺术领域的一个重大损失。这样一桩将影响世界格局的大事件，只是我一个念头的事情！一想到这里，我无比荣耀。

还有一次，来自某国享誉世界的著名舞蹈家造访日本，下榻该酒店。该舞蹈家也曾来到我所在的房间，也曾落座于我的膝盖，虽然仅有那么一次。除去像大使一样——带给了我无尽的惊喜，她带给我的理想的肉体上的触感到现在我都念念不忘。面对她无法用语言形容的身体上的美感，我没有丝毫下流的想法，我只能像欣赏艺术品一样感受她的美。

实际上，像这样充满惊险、刺激、恐惧的经历，还有很多！但是这些并不是我来信的目的，因此我就不再赘述了。

下面，我们回归这封信的主题吧。

话说，几个月之后，我在酒店的命运发生了一些变化。由于外国经营者突然打算回国，这个酒店就被转手到了一家日本公司手里。酒店的新老板一改酒店往日的奢侈路线，走起了平民路线，以追求更大的经济利益。酒店里一些奢华的家具或者摆设便不再适合了，被寄放在一家大型家具行拍卖。我藏身的椅子也在此列。

得知这个坏消息以后，我非常失望。我原打算返回花花世界，继续过普通生活。不过在酒店的这一段日子，我已经盗窃了不少钱财，即使回归现实，我也不必再过以前的穷酸日子了。

但是，我转念一想，离开酒店又何尝不是意味着一个新的开始？！近几个月来，在酒店里的日子，我虽然喜欢过几个异性，但大都是外国人，因此不管触感上有多么刺激，情感上不管有多么惊艳于她们的美丽，但是始终觉得有些缺憾。作为日本人，或许只能对日本人有真情实感吧！我当时是这么想的。我藏身的椅子在家具行如果被日本人买去，那我或许会有新的机会。因此，我决定在椅子中继续生活一段时间。

我在家具行的旧货店里度过的那些日子于我来讲相当煎熬。

还算幸运吧！拍卖活动开始之后，我很快就被人买下了。说实话，我虽然有些旧，但是不失豪华，想当惹人眼。

将我买走的是一个官员，他家在离Y市不远的另一个城市。从家具行到官员的家，有好几里路，我待在椅子里，椅子被装在卡车上，一路上颠簸不止，我真是饱受折磨。但是，一想到自己即将入住一个日本人家里，顿时感觉那点儿痛苦真的不算什么。

很快，我们就到达目的地了。那是一栋漂亮的小洋楼。主人将我藏身的椅子放在书房里。

主人家的书房非常宽敞。但是与此相比，我最满意的是，最常使用椅子的是男主人善良温柔的夫人。接下来的时间里，与我接触最多的就是这位夫人了。这段时间，这位夫人总是在书房里辛苦地写作。因此，除去吃饭和睡觉的时间，我都和这位夫人在一起——她柔软的身体总是坐在我的膝盖上。

我深深地爱上了这位夫人。我有多爱她，我就不赘言了。她简直完美，她的身躯更是毫无缺点。更重要的是，她是第一个和我肌肤相亲的日本异性。我感觉我生平第一次遭遇了爱情。我恍然大悟，此前在酒店里的那些感觉简直毫无意义。为什么我如此确定我爱上了这位夫人？因为我第一次那么明确地产生了一些奇怪甚至是下流的想法。我甚至想方设法要让她知道——我的存在。

哪怕有一分可能，我都希望夫人能意识到我的存在。甚至有时候，我期待能得到夫人的垂怜甚至是爱。但我该如何让夫人知道我的存在呢？直接告诉她？那她肯定会大吃一惊，然后告诉男主人和家里的用人，这样一来，我的一切将毁于一旦。我也毫无疑问会因为我的行为受到法律的制裁。

我什么都做不了，除了尽我最大的努力让我藏身的这把椅子坐起来舒服无比，以至于让夫人爱上这把椅子。夫人是一个作家，有文人该有的细腻情感。如果她能因为这把椅子坐起来非常舒服，而对它喜爱有加，甚至把它当成一件有生命的物体，那我也就心满意足了。

每一次她坐进椅子里来时，我都是尽量温柔地轻轻地接住她。每当她身心疲惫时，我都会悄悄地调整自己的膝盖以使她坐起来更加舒服。她如果想打个盹儿，那我便会轻轻摇动膝盖，让夫人找到坐在摇篮里时的感觉。

任何付出都会有回报——我相信不是我的错觉，我感觉最近夫人对这把椅子深爱有加。她经常像婴儿扑向母亲的怀抱，或者像少女钻进情郎的怀抱一样，舒服地窝进椅子里。我仿佛看到她窝在椅子里时十分享受的神态。

夫人，在这种情况下，我越来越贪婪，我对夫人的感情越来越深。我甚至产生了一个自不量力的奢望，如果能见上夫人一面，我死而无憾。

怎么说呢？我为我的这种奢望，痛苦不堪。

夫人，读到这里，想必您已经明白了，我心心念念的这位夫人实际上就是您啊！

请饶恕我的冒昧！

自从您的先生从家具行把我带回这里，卑微的我便对您仰慕有加。我愿意将我的一切奉献给您！

夫人，请施舍一下您的怜悯吧！这是我这个丑陋之人此生唯一的希望了。见我一面？或者给我一句安慰的话？我别无他求！请满足我这个可怜之人此生最后一个请求吧！

我是无论如何也不会当面向夫人您提出这个请求的，因为我实在没有那种勇气！为了写这封信，我昨晚趁无人之际，溜了出来！

我知道您正在读这封信！而我此刻正在您家周围的小道上焦虑地等待结果。

夫人，如果您答应了我卑微的请求，请您将手帕放在书房窗户边的石竹盆栽上。我随后会以普通人的身份，造访贵府。

最后，奉上我最赤诚的祈祷！

其实，读到一半时，佳子已经被隐隐约约的预感吓得大气都不敢出一口。

她从椅子上站起身，赶紧逃离了那把诡异的令人恶心的椅子。当她逃到卧室的时候，她真的不想再读下去了，真想直接撕掉她手里的稿件，但是又心有不甘！读下去的时候，她的预感一一成真了！

简直不敢想象！她每天坐着的椅子里面，竟然藏着一个人！还是一名陌生男子！

“天哪，太可怕了！”

她感觉自己仿佛当头被人泼了一瓢凉水，浑身不停地直打哆嗦！

她受到了巨大的惊吓，一时间竟不知道如何应对！把椅子拆开看个究竟？太恐怖了！这样的事情她做不出来！即使里面空空如也！她也不敢走近那椅子！那里面残留着那个奇怪之人留下的污秽之物！

“夫人，有您的信。”

佳子吓了一跳，一回头，看到女佣手里拿着一封应该是刚刚送来的信。

佳子接过信，马上要拆开时，突然看见了上面的字！她立刻停住了手，她害怕极了。

信封上有她的住址和姓名，那字迹和她刚读的那封信的字迹一模一样！

佳子犹豫着要不要打开那封信。最终，她还是打开了，然后心惊胆战地读了起来。

来信虽然没多少字，但是里面所记载的内容不免让佳子心里又是一惊!

信上写着：

去信太唐突了，还望老师不要见怪。我十分喜欢老师的创作。刚刚送上的是本人生涩的创作，还望老师多多指点。若能得到老师指点一二，实在不胜荣幸！老师应该已经读完我的稿件，不知老师以为如何。若能感动到老师——哪怕只有一点点，我也将得到极大的鼓舞。

稿件上没有写名字，我计划起名为《人间椅子》。

实在冒昧，希望老师能不吝赐教。

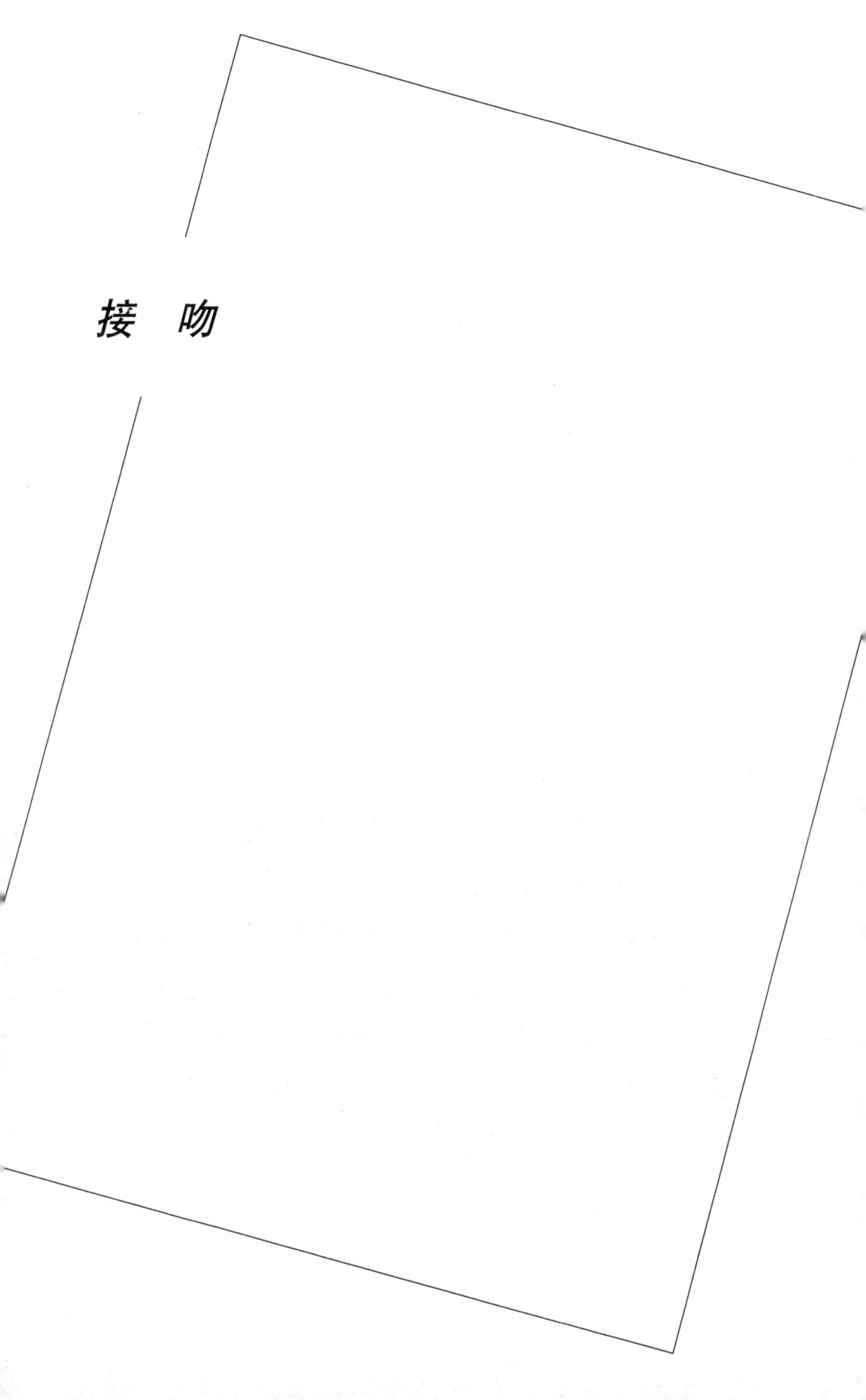

接吻

一

山名宗三近来的日子幸福得有些过头了，每天沉浸于一种无以言说的甜蜜气氛之中无法自拔。在政府办公室的老桌子旁兢兢业业地工作时，用餐时面对铝制便当盒里四方楞正的米饭时，四点一下班就迫不及待冲出门然后又好像强风一般刮过街道旁边的柳树时，他都处于一种难以名状的幸福之中。

不难想象，因为山名宗三刚刚迎娶了和自己自由恋爱的妻子。他太幸福了。

这一天，刚过四点整，山名宗三就归心似箭，正如那小学校里下学的孩童。他完全没有注意到课长还在收拾那凌乱不堪的桌子，就第一时间冲出了办公室，直奔家去。

山名宗三边走边想，阿花现在肯定正坐在餐厅长方形的火盆旁，看着早已经准备好的晚餐静静地发呆。她脸上肯定带着笑容，她多爱笑啊！对了，她头上的红色发带应该一如既往地戴着。

山名宗三想，她一直在等待，等待玄关一响，便立刻像兔子一样跳起来，来迎接自己的归来，可爱的家伙！哈哈！

实际情况是不是如此，那得另说，但是依照山名宗三此时此刻的心情，事实应该是这样的。

“今天何不来吓唬吓唬那可爱的人儿呢？哈哈！”

山名宗三已经来到了家门口。他说到做到，心里暗笑一声，感觉十分滑稽。他蹑手蹑脚，来到门前，轻轻拉开格子门，然后拉开玄关的纸门，脱鞋——他尽量不出声，然后一下子就来到了餐厅前。

“咳嗽几声？还是算了吧……我想看看她一个人待在家里时是什么样子……”

他透过餐厅前的纸门上的破洞往里看了看，这一看让他十分吃惊。他做梦都没有想到里面会是那样一番场景。他僵在原地，不知如何是好。

二

如他所料，阿花的确待在火盆旁，晚餐也已经准备好了，阿花头上也戴着红色发带。唯一不同的是，阿花脸上没有笑容，她手里捧着一张照片，眼含热泪，对着那张照片，又是亲吻，又是拥抱，实在令人恶心。

尽管山名宗三心里早有怀疑，但还是觉得难以忍受。他忍着胸口的疼痛，忍着怦怦乱跳的心，悄悄退后一段距离，故意踩出大大的声响，并粗鲁地打开纸门，说了一声："我回来了！"

然后，他生气地一屁股坐在火盆对面，表现出一副"为什么没有出来迎接我"的神情。

"哎呀……"

阿花大吃一惊！她一脸尴尬，赶紧将照片塞进和服的腰带里，接着又说了一句："实在对不起，我没有注意到。"

山名宗三刚才只是有一点小小的怀疑，现在看到阿花那一副窘迫的神情，终于完全明白，那照片上的人不是自己，肯定是课长村山。看她藏照片时那个态度，没错的！那温柔体贴的口吻和态度，都是骗人的！山名宗三心想。

山名宗三的怀疑不是没有理由的。

阿花是课长村山的远房亲戚，一度借住在他家里。后来，因缘际会，村山成了他俩的牵线人，他们才相识，恋爱，并最终走到一起。

再说这个村山，别看已经位居课长之位，但是十分年轻，和山名宗三年纪相当。尽管村山已经结婚，但是他老婆是个远近闻名的丑八怪！山名宗三一直觉得此事十分蹊跷，也不知道自己是不是爱上并娶了曾经和别的男人有过苟且的女人。

有一件事也十分可疑，阿花经常拜访村山家。就山名宗三所知，阿花婚后已经到村山家拜访过四五次了。并且，有那么几次，阿花是深夜才回来的。

山名宗三醋意十足，越想越觉得生气，感觉胸口都要炸裂了。但是他们夫妻二人还是平平和和地吃完了晚餐，与往日不同的是，今天他们没有太多的说说笑笑。

山名宗三不甘心不问清楚这件事的真相就把自己关进书

房。可想而知，接下来的时间他们有多尴尬。他们面面相觑，一时不知道说些什么好。

“说吧，那是谁的照片？”

山名宗三最后还是忍住了，没有问出这句话。他只是静静地观察着阿花的一举一动。

山名宗三不仅十分善妒，还非常阴险，他知道阿花睡觉前肯定会想办法将照片藏到某处。山名宗三打算今晚将这一切弄个水落石出。

三

过了一会儿，阿花果然站起身，朝外面走了出去，并且是小心翼翼的。山名宗三感觉，她去的不是厕所，应该是储藏室。山名宗三虽然一副穷酸相，房子也相当旧，但是身为下级武士的后代，他家的储藏室是十分宽敞的。

她是打算将照片藏在储藏室的柜子里面吗？山名宗三心想，储藏室柜子那么多，事后找起来一定很麻烦，还是跟踪她看看她到底将照片藏在哪个柜子里了吧。

想到这里，山名宗三站起身，像个影子一样尾随阿花而去。

阿花去的果然是储藏室。阿花刚刚走进去，此刻正在摆弄着一把锁子。她是要将照片藏到哪个柜子的抽屉里呢？幸亏纸门上有个破洞，山名宗三凑过去往里面看。储藏室只有一只五瓦的小灯泡，并且纸门上的洞特别小，因此山名宗三费了好大一番功夫才看清楚，那是正对着门口的一个橱柜左上方的一个小抽屉。山名宗三看见阿花朝抽屉里扔了一个东西，然后随手关上了橱柜的门。之后，阿花朝门口走来。

见此情况，山名宗三迅速返回餐厅，坐在火盆旁，点燃一根香烟，抽了起来，佯装什么事也没发生。

接下来的时间，两人大眼瞪小眼，一时无言。但是这样僵持下去也不是个办法，于是两人也三三两两地聊了几句。

转眼已经九点了，山名宗三一肚子心事，虽然还未到睡觉的时间，还是匆匆地上了床。

躺在床上，山名宗三翻来覆去，根本睡不着。好不容易到了深夜，阿花的鼾声渐渐地出来了。山名宗三觉得阿花已然睡实了，应该不会惊醒她了，便悄悄爬出被窝，抓起睡衣的前襟，蹑手蹑脚地走出了卧室。

山名宗三的目的地依然是储藏室。他来到那个橱柜前的时候，迫不及待地打开了上面最左面的小抽屉。果然如他们所想，并不是他多疑。抽屉里，十多张大大小小的照片叠放在一起，最上面的那张村山课长的照片尤其显眼。

为了确保没有冤枉阿花，山名宗三把所有照片都检查了一下，结果发现，除了村山课长的那张照片，剩余的都是阿花的生活照。

可见，并不是自己多疑，此事千真万确！山名宗三恨得咬牙切齿。接下来怎么办？愤怒与寒冷折磨着山名宗三，他整个身体在不停地颤抖。

四

第二天早晨，山名宗三一手夺过阿花递过来的便当盒，恨恨地出了家门。一路上，他急匆匆地好像是要去办什么要紧事似的。平日里同事那可爱的笑脸，今天在山名宗三看来充满了讽刺。

到了办公室，他没和任何人打招呼。他气愤地盯着村山课长那空空如也的座位，眼睛里充满了仇恨。又想到自己为了那么一点儿微薄的薪水，整日里竟对着这么一个人点头哈腰，山名宗三更是气得受不了。

很快，村山课长到了，他穿着名贵的西服，手提一个很大的公文包。其他人一看课长到了，纷纷起来行礼。课长一一回礼以后，把公文包放到了自己的桌子上。山名宗三没有和课长打招呼，他只是用愤恨的目光盯着课长。

课长整理了一下自己的桌子，然后用不是十分自然的口吻对山名宗三说道：“山名，你过来一下。”

山名宗三这时候根本没心情理睬他，但是又不能不理睬他，于是站起身来，走了过去，且非常不客气地说了一句：“敢问课长什么事？”

说完后，山名宗三站在原地，没有任何动作。

“你怎么搞的？你看这个统计，最重要的平均数都没有。”课长好像对山名宗三的不寻常表现毫无察觉。

山名宗三看了一下，好像真的是自己的疏忽造成的，也不敢说什么。这要是在平时，山名宗三早就点头哈腰，连连抱歉了。但是今天不同往日，山名宗三愤怒地盯着课长，一言不发。

“你的统计只有列数，没有平均数，你认为我要这份统计干什么？我要的是平均数，这还用我特别说明吗？”

“是吗？”

山名宗三突然大吼一声，然后一把抓起课长桌子上的文件，返回自己的座位。

这一下可把村山课长吓了一大跳。村山课长原本打算挑挑毛病，消磨一下时间，一看这情况，一下子愣住了。

山名宗三坐回自己的座位后，立马奋笔疾书起来。实际上，他不是在修正自己的统计数据，而是在一张纸上愤怒地写了一份辞呈。

五

山名宗三把辞呈——那字迹跟小学生练字一般——狠狠地丢在课长的桌子上，带着满腔的愤怒离开办公室回了家。他离开办公室的时候，大约是上午十一点钟。

“阿花，你过来一下。”

山名宗二　回到家，就准备和阿花摊牌。

因为昨晚上的尴尬遭遇，阿花也一直在提心吊胆。

“你这么早就回来了，是身体不舒服吗？”

“我身体很好。我辞职了，以后再也不是公务员了。我之所以辞职，是因为我和村山起了冲突。从今以后，你不能再去村山家，听明白了吗？”

“哦……”阿花除了吃惊，并无别的反应。

“对了，还有一件事情。你有村山的照片吧？把它拿出来吧！”山名宗三装作若无其事地提到了这个。

见山名宗三如此生气，阿花只好去把那张照片取了来。山名宗三接过照片，当着阿花的面将照片撕了个粉碎，并且将照片碎末扔进了火盆里。直到这时，山名宗三表情才有所缓和。

已经到了这种地步，阿花已经完全明白丈夫为什么如此生气了，但是她不能挑破这件事，她还是希望这件事能从丈夫的嘴里先说出来。接下来，阿花使尽浑身解数，又是闹别扭，又是掉眼泪，终于使丈夫和盘托出了昨晚上他所看到的一切。

山名宗三以一种占据道德制高点的优势看着阿花，这回你没法反驳了吧！我连藏照片的地方都查清楚了！

阿花接下来的反应令山名宗三十分吃惊。阿花听完丈夫的话，身子伏了下去……山名宗三以为她会大哭一场，没想到她却哈哈大笑起来。

“哈哈哈……我以为是什么事呢？原来是这么回事……亲爱的，你太过分了……村山和我？你真能胡思乱想。那张照片，其实是你的照片啦。”

说着说着，阿花突然满脸通红，她甚至赶紧用手捂住了脸。

“别胡说八道了，别唬我。我昨晚跟踪你到储藏室，亲眼看到你把照片放进了那个抽屉里。我已经检查过了，那里面除了村山的照片，就是你的照片。除此之外，半张男人的照片都没有。”

“那就太奇怪了！哪有那么多照片？你肯定是看错了。你的照片就那么一张，被我收藏在那个抽屉的一个资料盒里了。你检查的是哪个抽屉？”

“就是正对着门的那个橱柜左上方的那个小抽屉啊！”

“奇怪！你肯定看错了。我昨天明明是把照片放在了左边的橱柜里。是的，那个抽屉是在左上角，不过肯定不是正面的橱柜。”

“太荒唐了，你别再欺骗我了。我是从正门上面的小洞里看到的，怎么可能看到左面的橱柜？那一定是正面的橱柜。我虽然是跟踪你去的，有点儿着急，但是不可能搞错方向的。”

“太奇怪了。”

“你别再掩饰了。没什么奇怪的！你别再和我争了，白费工夫。”

“但是……”

“你还狡辩？我肯定没看错。”

说好的摊牌，变成了一场奇怪的争执。山名宗三坚持是正面的橱柜，阿花则坚持是左面的橱柜，二人为此争执不休。怎么会有这么大的差距？到底是怎么回事？

六

“我知道怎么回事啦！亲爱的，你跟我来，我告诉你是怎么回事。”阿花忽然想起什么似的。

阿花说着拼命拉山名宗三的袖子。山名宗三本不想去，但是没有办法，只好跟着站起了身子。

他们去了储藏室。

“你来看看，是这个原因，一定是的。”阿花指着一个新衣柜说道。

山名宗三一看，那是去年买的一组新衣柜，用的是去年年底的临时津贴以及邮局里的三年定期存款的利息。这难道有什么问题吗？

“你还不明白吗？橱柜门上是不是有一面镜子啊？我把柜

门打开，镜子恰好在破洞前方，挡住了正面的橱柜，反射出的左侧的柜子，看起来就像在正面一样。这下明白了没？”

山名宗三仔细地看了看，还真如阿花所说，如果柜门在纸门上那个洞前打开四十五度角，映于镜面的左侧物品便如同在正面一般。再说了，两个橱柜的外形十分相似。看来是自己搞混了！两座橱柜外形十分相似，山名宗三想起自己跟踪阿花的时候，来去匆匆，光线又十分昏暗，更容易搞混。

原来是这样，山名宗三有一种豁然开朗的感觉！不过这意外的真相更让山名宗三懊恼不已！

原来这里面有这么大的误会！如果阿花是由于太想念山名宗三而抱着他的照片又是亲吻又是拥抱，也是人之常情！山名宗三应该为此感到欣慰才对！但是没想到因为一个误会，反倒伤害了阿花！更不可思议的是，山名宗三还因此递交了辞呈，失去了工作！真是恼火！

反转来得太突然了！这一次该阿花生气了。自己一下子站到了道德的制高点，阿花委屈地哭了起来。

“你居然辞掉了那么好的工作！以后的生活怎么办？大环境这么差，你是不可能一下子找到满意的新工作的……咱们总不能坐吃山空吧！再说，我经常去村山家里，还不是因为你，为了让你出人头地？不然谁乐意经常去那种地方？我的良苦用心，你不但不理解，反倒冤枉我……”

阿花又哭又闹，又是抱怨，又是怨怼，委屈极了。

山名宗三一时哑口无言，不知道怎么安慰妻子。他不禁感慨道：“这世上最可怕的事情，无非就是嫉妒了。”

但是话又说回来，很多时候，男人看起来阴险，实际上大多都是神经大条，骨子里都是老好人一个。相较而言，有一些女性表面上弱不禁风，楚楚可怜，好像一问三不知的样子，但是心底里不知道藏着多少阴险狡诈。

就说这个故事里的女主人阿花吧，她真如上面所述的那般纯良吗？未必呢！她关于橱柜门的那一番解释谁知道是不是她的狡辩呢！完全有可能是她临时起意找到的所谓的合理解释！

阿花亲吻的照片说不定真的是村山课长呢！但那又将如何呢？

无论如何，山名宗三是想不到这一层了。

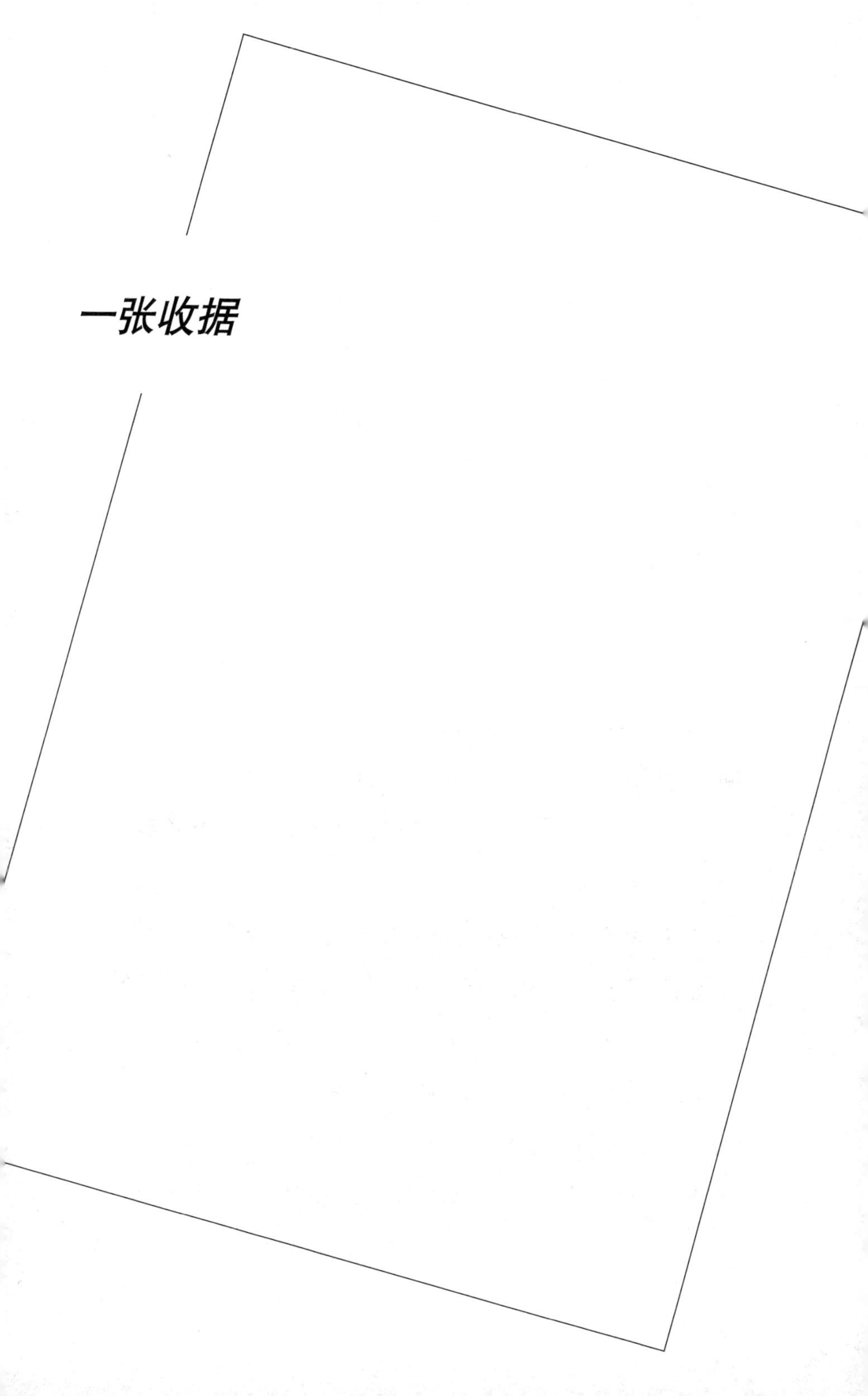

一张收据

上

“是啊，我也是早有耳闻。说说这件事吧！真是人间奇谈啊！街头巷尾，茶余饭后，人们都在谈论这件事！但是想必没有人比你更清楚这件事的始末了。你愿意给我讲一讲吗？”

一个年轻的绅士，一边说着，一边用刀叉叉起一块滴着鲜血的牛肉送到嘴边。

“好吧，那我就将我知道的大概讲一讲吧！服务员，再加一瓶啤酒。”一个脸型棱角分明却有着一头蓬乱的头发的年轻人回答道，并大声招呼了一声服务员。

“大正某年十月十日的凌晨四点，某某町的一个人迹罕至的地方——福田博士家后面的铁轨边，这分别是该事件发生的时间和地点。你可以想象一下当时的场景，冬天的早晨——好像不完全是冬天，应该是秋天，不过这都不重要——天色尚暗，一辆上行列车的到来划破了夜的宁静。

“突然，列车响起了刺耳的警笛声，随之而来的是列车尖锐的刹车声，然而一切都来不及了！列车向前滑行了一段，终于停了下来。一名妇人惨死在铁轨上……我从来没见过命案现场，第一次见还是这种碾轧现场，妇人的尸体血肉模糊地横在铁轨上，看上去极不舒服。

“你也知道了，死者就是博士夫人。列车员随即发出了紧急通知。随后，有关当局立马派人到现场了解情况。与此同时，闻讯赶来看热闹的人络绎不绝，很快就将现场围了个水泄不通。博士得到消息后，在用人的陪同下第一时间飞奔而来。场面混乱不堪。现场的一切，我都看到了。你也知道，彻夜游玩后的次日清晨，我习惯到处走走，散散心。警察赶来后，法医模样的男人赶紧着手尸检工作。尸检完毕后，妇人的尸体被抬回了博士家。就我的观察，现场没有任何值得怀疑的地方。

“我在现场看到的就是这些了！除此之外关于此事件的论述，基本都来源于报纸的报道，以及我个人的一点猜测和臆想。这些我觉得有必要事先向你声明一下。依照法医的尸检结果，妇人的死是列车碾轧的结果。根据警方从死者怀里拿到的遗书——遗书是死者写给博士丈夫的——表明，死者有严重的肺病，不仅自己生不如死，同时也拖累了家人，因而萌生自杀的想法。这样看来，这个事件就更没有什么值得怀疑的了。若不是一个人的突然出现，这个事件也就这样结束了。博士夫人卧轨自杀，这本是即使登报也只能占据一小块版面的社会新闻，但是因为一个人的特别关注，使得这个本不起眼的小事件演变成了如今备受关注的社会事件。

“现在，我们来认识一下这个神奇的人。如今备受各种媒体大肆宣扬的这个‘侦探’其实是一个刑事巡查，名叫黑田清太郎。这人戏剧化的办案过程令人称奇，比最离奇的侦破小说都要精彩。不过，这也许只是大家的想象。事件发生之后，黑田来到现场的第一件事就是像狗一样趴在周围的地面仔细查看。来到博士家之后，他又问了博士及用人很多问题。此外，他还拿起随身携带的放大镜对博士家的每个房间进行了详细的排查，哪怕是房子主人日常不曾注意的死角都没有放过。好吧，这也许是现下最流行或者最新的侦查手法吧。

“之后，他直接对长官说：‘我想有必要对这个事件做一个更加详细的排查。’听了他的话，在场的所有人都十分吃惊。于是，长官下令解剖尸体。果然，某大学医院某某博士对尸体进行了解剖之后发现，死者在遭受列车碾轧之前曾经服用过某种毒药。也就是说，博士夫人是被毒死的，而‘博士夫人卧轨自杀’是有人刻意伪造的。也就是说，这起事件是一起手段极其残忍的谋杀案。消息一出，各种报纸以‘杀人凶手在哪里’这种耸人听闻的标题吸引眼球，大大地激起了广大读者的好奇心。很自然地，黑田被长官点名负责此案的侦查。黑田随即开始搜集各种证物。

“后来，黑田刑警搜集到这几样证物：一是一双短靴，二是用石膏采集的脚印模型，三是几张皱巴巴的报纸。听上去是不是有几分悬疑小说的感觉？黑田刑警信誓旦旦地认为，根据这几样证物可以断定，博士夫人并非自杀，而是他杀。不仅如此，黑田刑警还断定，杀人凶手正是死者的丈夫富田博士。听到这，你是不是觉得这个事件越来越有趣了呢？”

年轻人滔滔不绝讲了这么多，讲到这里，他顿了一下，用一脸颇具深意的表情看了一下正在倾听的年轻绅士。然后，他随手从西装口袋里拿出一个银色的烟盒，并潇洒地拿出了一根进口烟卷。

“是啊，越来越离奇了，”一直在认真倾听的年轻人一边为讲述者点烟，一边附和地说道，“关于凶手是谁，我也听说了，但我好奇的是黑田刑警是如何断定凶手就是富田博士的呢？我特别想知道。”

“黑田刑警侦破此案的过程十分精彩。起因是法医曾不解地表示——既然死者死于列车碾轧，为什么出血量那么少？黑田刑警由此对此事件产生了怀疑。据说，大正某年某月于某某町也曾发生过同类案件，死者是一个老妇人。案件侦破的基本原则是，凡有可疑之处必须大胆怀疑，然后就各种细节进行缜密的排查。黑田刑警很好地执行了这一准则。

“黑田由此怀疑，事件的经过很可能是这样的：有人先用毒药毒死了博士夫人，然后将博士夫人的尸体从别处搬到了铁轨上，直至列车将夫人的尸体碾至粉碎。黑田刑警由此认为，如果自己的假设成立的话，那么尸体周围肯定会有搬运尸体的痕迹。

“另外，天公作美，碾轧事件发生的前一天晚上，刚刚下过雨，地上有很多清晰的脚印痕迹。由于这些脚印都是新留下的，黑田刑警推定，只有前一天晚上雨停之后有人走过才会留下如此新鲜的脚印痕迹。也就是说，那些新鲜的脚印痕迹，是前一天晚上雨停之后留下的。正因如此，黑田刑警当时才会像狗一样趴在地上仔细排查。说到这里，我们不妨看一下案发现场的地图。”

讲述者说到这里，随手从口袋里拿出一个小型笔记本，并用铅笔在上面草草画出了案发现场的地形图。

“铁轨比两侧的地面高出不少。铁轨两侧的地面是向两边倾斜的斜坡，斜坡上长满了草。铁轨和富田博士家后院之间有一块巨大的空地——大约有一个网球场那么大。这块空地寸草不生，当时正值雨后，泥泞不堪，小石头子儿遍地都是，新鲜的脚印就是在这里被发现的。与富田博士家后院相对称的铁轨的另一侧是一大片水田，再远处是一个大工厂的烟囱，远远看过去十分荒凉。富田博士的宅邸与铁轨相平行整整盖了一排。此外，沿着铁轨东西两边延伸的，还有几处文化气息浓重的住宅。

“当时，趴在地上仔细排查了好久的黑田刑警究竟发现了什么呢？多达十几种脚印交错出现在碾轧地附近，不细看什么也发现不了。但是经过黑田刑警的仔细排查，他发现那些脚印可以分为拖鞋脚印、木屐脚印以及皮鞋脚印三类。黑田刑警将现场人数与脚印的种类进行了详细的比对之后，发现了一组来源不明的脚印。这组来源不明的脚印是皮鞋脚印。而案发后穿皮鞋出现在现场的只有警方的人员。并且，黑田刑警勘察期间，没有人离开过。这就让黑田刑警有点儿纳闷了。黑田刑警经过进一步的详细勘察，发现多出来的这种可疑的脚印的源头是富田博士家。”

“你的记忆力真好！记得这么清楚！”一直在倾听的年轻绅士——也即松村先生——不由得佩服地插了一句嘴。

“哈哈……有些消息来自那些乐于八卦的小报。事件发生之后，那些一向八卦的小报就迫不及待地报道各种与事件相关的小道消息，虽然多半是为了满足读者的猎奇心理，其中有一些倒是极有价值的。

“接下来，警方开始调查从博士家到博士夫人遭碾轧的地方之间往来的脚印。警方共发现了四组脚印，第一组是前面提到的来源不明的脚印，第二组是博士事后穿着拖鞋来现场的拖鞋脚印，第三组和第四组都是博士家用人的脚印。

“听到这里，你有没有发现可疑之处？是的，警方完全没有发现博士夫人来到出事地点的脚印。按说，博士夫人应该是穿着精巧的袜套来到现场的，但是警方并没有发现这样的脚印。难道说博士夫人是穿着男人的皮鞋来到现场的？这不现实！若不是这样的话，那就只有一种可能，博士夫人是被人抱着来到现场的，而那组来源不明的脚印很可能就是抱着博士夫人来到现场的那个人留下的。这种可能是相当大的。因为那一组来源不明的脚印，有个非常明显的特征，那就是脚后跟非常深，这就表明这个脚印的主人很有可能提着重物。

“关于这一点，黑田刑警曾对报刊记者大谈特谈自己在这方面的专业，他说人的脚印可以传递很多信息，他能轻易判断什么脚印来自瘸子，什么脚印来自盲人，什么脚印来自孕妇……不信你可以搜集一些我刚才说的那些小报看一下。

“扯远了哈，这些细节我就不详述了。直接说结果吧，黑田刑警对那组来源不明的脚印做了详细调查之后，结果有了重大发现。黑田刑警在富田博士家的廊檐下发现了一双短靴，其鞋印与现场来源不明的脚印完全吻合。而经人指认，那双短靴正是富田博士自己常穿的一双鞋。

“不仅如此，黑田刑警还发现了一些别的证据：博士夫妇的卧室和用人们住的房间相隔很远；当天晚上，两个女佣完全不知道发生了什么，一直到事件发生后才知道发生了这么大的事；富田博士本人当晚难得地住在了家里。

“另外，死者的家庭关系好像也在进一步夯实——不明来源的脚印很可能就是博士留下的，怎么说呢？原来富田博士是入赘到死者家里的。或者这么说吧，富田博士是已经去世的老富田博士的女婿，而死者从来就是骄横的蛮不讲理的大家千金。据说，死者不仅患有严重的肺结核，还有歇斯底里症，再加上其貌不扬，可想而知，他们的夫妻关系并不融洽，并且是越来越不好。

“而富田博士呢？桃色新闻可不少，据说暗地里金屋藏娇呢！有一个艺伎出身的女人深受他的宠爱。个人认为，这种事情并不会影响到富田博士的社会地位及影响力。你应该对歇斯底里症也有一定的了解吧？这种症状真的是会让人抓狂的，尤其是亲密关系中的另一半。想必这起谋杀案就是在每况愈下的夫妻关系发展到一定程度时发生的。我对我的这些推论深信不疑。

“当然，还有一个难题亟待解决，是什么呢？那就是从死者怀里搜查到的死者写给丈夫的那封遗书。经过调查，警方确定那封遗书的字迹的确是死者的字迹。这就让人想不通了，死者为什么会写下这样的遗书呢？这可难住了黑田刑警，他为此伤透了脑筋。所幸经过调查，黑田刑警发现了那几张皱巴巴的纸——也就是我们上面说的他拿出的第三项证据。这几张纸中的一张是博士一次外出旅游时，夫人写给他的信。而博士就是按照这封信上的字迹，练习、模仿夫人的字迹的。其余的几张是博士练习、模仿夫人的字迹时留下的草稿。据说这些废纸是从博士办公室的废纸篓中发现的。如果这些都是事实，可见这场谋杀是蓄谋已久的。

“最后，黑田刑警是这样推理犯罪过程的：对于自己歇斯底里的又是自己忠贞爱情的绊脚石的夫人，博士欲除之而后快，但是既要达到这一目的又不能有损于自己博士的名誉及社会地位，必须好好谋划一番。于是，博士借服药的机会让夫人服下了某种毒药。夫人死亡以后，博士穿上短靴，通过后门，将夫人的尸体扛到了铁轨上，又将随身携带的自己伪造的遗书塞进了夫人的怀里。当自己一手安排的‘博士夫人卧轨自杀’

的事件被人发现后，博士再惊慌失措地出现在案发现场。

“那么，博士为什么不向自己的夫人提出离婚，而是出此下策、铤而走险呢？那些小报给出了如下两条理由——也许是那些记者自己臆想的：一是担心遭到伦理上的批判，毕竟老富田博士对他的提携，他是无论如何否认不了的；二是博士还想继承夫人从老富田博士那里继承来的巨额财产——或许这是主要原因。

“根绝黑田刑警提供的证据，警方立马逮捕了富田博士。黑田刑警为此受到各种关注。那些小报因此得到了很多可以大肆渲染的八卦素材。但是对于学术界来讲，因此丑闻深受舆论指责。就如你刚才所说的一样，街头巷尾，茶余饭后，人们都在谈论此事。人们如此关注此事，其实不难理解，谁让这件事如此富有戏剧性呢！”

一直在讲述的年轻人左右田先生说完这些，将面前的酒杯拿起，一饮而尽。

“一次偶遇，激发了你的好奇心，亏你调查得这么详细，真是一个细节都不曾遗漏。这个黑田刑警倒真是个聪明人，与我们印象中的普通警员的形象完全不符啊！”

“是啊，思维缜密，简直可以写推理小说了呢。”

“是啊，完全可以称得上推理小说家了，甚至比一般的推理小说家的推理能力还要强很多哩。”

“仅此而已了，他也只能算得上一个小说家了！”左右田一边说着，一边伸手在自己背心的口袋里摸索了半天，同时脸上露出了一丝轻蔑的微笑。

“此话怎讲？先生您话里有话啊……”松村在烟雾缭绕中寻找左右田先生的脸，并急切地问道。

“什么意思？哈哈，这个黑田刑警也许可以做一个优秀的小说家，但绝对称不上一个优秀的侦探！”

“这……”松村一脸惊诧，难道还有什么更令人意想不到的奇迹？他直视着左右田的眼睛，充满期待。

“你看看这是什么？”左右田先生的手终于从背心口袋里伸出来了，同时将一张小纸条放在了桌子上。

“这还不好认？这不就是一张PL商会的收据吗？”

“是的，是一张收据，是一张三等急行列车出租枕头的收据，标的四十钱。这是那天早晨我在案发现场无意中捡到的。根据这张收据，我敢断定，博士是清白的。黑田的推理完全站不住脚。”

“啊？你不是在开玩笑吧……”松村简直不敢相信自己的耳朵。

“根本不用拿证据来证明我的推理，博士肯定是无辜的。

你想一下，富田博士，那是什么样身份的人，他会为了一个歇斯底里的女人拿自己的前程开玩笑？他可是世界级的学者，是屈指可数的大学者。他又不傻，他不会干这么傻的事情。既然说到这里了，我就把我的计划告诉你吧，我打算搭乘一点半的火车，去一趟博士家，目的是趁博士不在家向他的用人打听一些情况。”

说完这句话，左右田先生抬手看了一下时间，随即拿下餐巾，准备告辞。

“博士完全可以为自己辩解的，他有这个能力。另外，那些同情博士遭遇的律师们估计也会伸出援手。我想说的是，我现在掌握的这条线索是除我之外的任何人都不知道的。你如果想听我的解释，那你得忍耐一些时间。我想先去实地调查一下，再给出结论。我认为，我的推理目前还有一些漏洞，我必须将这些漏洞填上。在这之前，我不能向你透露任何消息。服务生，帮我叫车。我出发了。明日再会吧，朋友！”

下

第二天，该市发行量最大的晚报——报社自称——刊登了一封读者来信。标题是：富田博士无罪。落款是：左右田五郎。内容如下：

与这封信内容相同的书面报告，我已经交给了警方负责审理“富田博士杀妻”一案的初审法官某某某。

个人认为，光是提交这份报告已经足以替富田博士申冤。但是以防万一，我还是在这里以这种方式奉上此文，供大家周知。我主要担心的是，一旦法官由于误解或是其他一些不可抗拒的原因，使得这样一个出自一介书生的调查报告被人遗忘。另外，我的这份报告完全推翻了此前某著名刑警对于此案所做的“富田博士有罪论”，因此我担心即使我的报告被采纳，警方是否会将富田博士蒙受不白之冤的事实公之于众。

我乃一介草民，与富田博士八竿子打不着，只是偶尔拜读过博士的学术著作，心里对富田博士存有一些尊敬。这次，富田博士这个学界泰斗即将因为一些刑警的错误推理而遭无妄之灾。我深感遗憾。因缘际会，我曾出现在案发现场，且发现了一些能证明博士无罪的证据。能解救富田博士这样的大学者于水深火热之中，是我的荣幸及义务。我不能不这样做。这一点，现在在这里说明一下，以免大家误会。

书归正传，我是基于什么样的证据而认为富田博士无罪的呢？我认为，警方仅仅凭借黑田刑警的幼稚推理，就判定富田博士有罪，实在是滑天下之大稽！警方完全是罔顾正义。黑田刑警的推理幼稚到像是在写戏剧脚本。富田博士是何等聪明！我们再看看警方推定的他的犯罪事实。作为旁观者，你有何感想？那样一副头脑，犯下如此幼稚的罪行，这天壤之别的差距，难道你不会怀疑其中的真实性吗？

犯罪现场的脚印、模仿夫人笔记的草稿纸、装毒药的杯子……鼎鼎大名的学界泰斗会留下这么多线索以成全黑田刑警天马行空的想象力？学识渊博的富田博士会不知道中毒而死的死者尸体内能检测到毒药的毒素？就算我一点儿证据也没有，我也不会相信博士会干此等傻事。当然，我也不会幼稚到就此断定博士无辜。

我知道，因侦查此案而一举成名的刑警黑田清太郎此刻风头正盛！很多日本人甚至认为他就是日本的福尔摩斯。在黑田刑警人生巅峰的时刻，我却要将他推下神坛，实在有点儿于心不忍。不管怎样，我承认这一点——黑田刑警在我们国家是相当优秀的刑警。这一次，他之所以出错是因为他比很多人更聪明。他之所以出错不是因为他的推理方式有错误，而是因为他掌握的证据不够全面导致的。也就是说，至少在这一次的办案过程中，他考虑不周。这一次，很遗憾，在这个案件上，他没有比我这个书生做得更好。

好了，不谈这些了。下面，我讲一讲我所掌握的证据。我所掌握的证物不过是两件最普通不过的物件：第一件证物是我在“案发现场”捡到的一张来自PL商会的收据——三等急行列车配备的枕头租金收据；第二件证物也是黑田刑警所提供的证物——就是那双短靴的鞋带——此刻作为证据被警方没收了。

是的，就是这样。在你们看来，这两样东西也许毫无价值，这也是我所能理解的。但是对于刑警或者别的行内人来讲，也许一根头发丝都有可能成为侦破某个案子的关键证物。

事实上，我的这些发现纯属偶然。事发当日，不知道是幸运还是不幸，我恰好在现场。因此，我有机会亲眼看见警方对现场的各种勘察。忽然，我发现，我落座的石块下面露出来半张小纸片。假如我没有看到纸片上盖的戳上面的日期，我可能不会理会这张毫不起眼的小纸片。也许是富田博士太幸运了，纸片上那个戳上面的日期犹如带着一种来自上天的启示一般，深深地烙在我的脑海里。那个日期正是事件发生的前一天——大正某年十月九日。

于是，我赶紧搬开压在纸片上的石头，拿起了那张曾被雨淋湿且有点儿破损的小纸片。这就是我上面所提到的我的第一件证物——来自PL商会的一张收据。就像是得到了上天的某种暗示一样，这个发现让我十分好奇。

据我在现场的观察，我认为黑田刑警在现场搜集证据的时候至少遗漏了三点：

第一，正是我偶然得到的这张收据。我得到这张收据实属偶然。我认为，如果黑田刑警——作为刑警——警觉性够高，他一定能发现这张收据。另外，压在这张收据上面的那块石头一眼便可以看出——来自富田博士家后院还未完工的下水道工程旁边堆积如山的石头堆。在案件发生的现场，只有这一块石头散落在离下水道工程有一定距离的铁轨旁，这难道不是意义非常吗？黑田刑警不应该错过这样的线索。更难以理解的是，我拿着这张收据，打算送给现场的一个警员。但是对于我的善意，那个警员非常不耐烦，并且大声呵斥我——让我滚远一点儿，别给他添麻烦。他让我印象深刻，即使时至今日，我仍然能从数十名警员中立刻把他找出来。

第二，根据警方的侦查，他们发现了从博士家的后院到事发地点有一组来源不明的脚印，他们还在博士家找到了留下那组脚印的博士的短靴，他们甚至由此判断那组脚印就是博士留下的，继而判断博士是凶手，但是警方并没有发现穿这双短靴的人走回博士家的脚印。关于这一点，我不知道黑田刑警是如何解释的。大肆宣扬黑田刑警的光荣事迹的记者也没有做任何关于这一点的记录。因而，我也就无从得知。我想，也许警方认为凶手将死者的尸体放在铁轨上之后，沿着铁轨绕其他路线回家去了。确实，沿着铁轨很容易找到不会留下任何脚印且可以回到博士家的路。警方找到和来源不明的脚印相吻合的短靴之后，即使没有找到回来的脚印，也会理所当然地认为凶手肯定回家来了，这不难理解。但是真相果真如此吗？至少是不严谨的。

第三，现场有很多狗的脚印——很明显来自同一条狗，但是几乎所有人都没有注意到这一点。更难以理解的是，狗的脚印和所谓的凶手的脚印是并行的。这是多么重要的线索？然而没有人关注。通过狗的脚印判断，死者被列车碾轧的时候，这条狗在现场出现过。另外，狗的脚印最终消失于博士家后院，可见，这条狗肯定是死者养的。但是这条狗最后哪里去了？按理说它应该出现在死者身边啊!

以上就是我的证据。想必你已经猜到我接下来会讲些什么话。但我还是要亲自讲出来，请原谅我的啰唆。

说实话，在事发现场，我并没有想太多。对于我发现的这些疑点，我也一直没有太在意。直到两三天后，通过读报，我才知道富田博士被当成嫌疑犯抓起来了。同时，我也看到报纸上刊登着记录黑田刑警如何呕心沥血侦破此案的文章。这时，我才觉得我有必要将我掌握的信息好好梳理一下。

根据我对关于此案的相关信息的间接了解，再加上我在现场亲眼看见的各种情况，我越来越发现黑田刑警的推理存在严重失误。

真相究竟是怎样的?我今天特地造访了富田博士家，通过和博士家用人的一番谈话，我觉得我找到了事情的真相。

下面就是截至目前我所了解的所有情况。我将按照事情发展的时间顺序详细还原本事件的本来面目：

正如大家所猜到的一样，我的推理的出发点是我在事发现场捡到的那张来自PL商会的收据。这张收据应该是事发前一天从急行列车的窗口掉下来的。那么，这张收据为什么会被压在那样一块石头下面呢?那石头的来源，我在前面讲过的，它来自博士后院旁边未完工的下水道工程。

只有一种可能，那就是这张收据从列车上掉下来以后，有人才将这块石头搬到了那里。从石头的来源看，这块石头不可能是从铁轨里无中生有突然冒出来的，更不可能是从列车上掉下来的。那它来自哪里？那么重的一块石头，它原来的位置应该离事发地不太远。还有就是石头的形状——有点像三角形，更像楔形——好像在告诉我们它的来处。就在不远处的博士家后院的院墙外面，在未完工的下水道工程旁边，垒着一堆形状和质地与那块石头十分类似的石头。

也就是说，那块石头是有人在前晚深夜至博士夫人的尸体被发现期间从博士后院院墙处搬至事发现场的。按照这样的逻辑，搬运石头的人是应该会留下脚印的。前一晚是下过小雨，但是半夜时已经停了，脚印是不会被雨水冲刷掉的。根据黑田刑警的侦查，除了他所找到的那组不明来源的也就是他所认为的凶手的脚印，其余的脚印都找到了主人。我推测，搬石头的人应该就是真正的凶手。我的结论与黑田刑警的结论有些不一样。我搞不明白的是，为什么凶手要搬运那块石头。我为此绞尽脑汁，当我识破凶手设计巧妙的障眼法时，才一下子豁然开朗。

抱着那块石头走路留下的脚印，和抱着博士夫人的尸体走路留下的脚印，其相似程度足以蒙蔽黑田刑警的眼睛，尽管黑田刑警是一个相当老练的警员。识破凶手的这个巧妙的障眼法，源于我脑袋里一瞬间的灵光乍现。换句话说，是有人要将博士夫人的死嫁祸于富田博士，于是穿上博士常穿的短靴，抱着这块石头，从博士家后院走到了铁轨旁。如果不是这样，关于这块石头的位置，还有别的科学合理的解释吗？如果事实真如我推理的一样，那么博士夫人是如何出现在铁轨上的呢？这样看来，好像少了一个人的脚印。

我推理到这里，只能十分遗憾地告诉大家，这一切可能都和博士夫人本人的性格有关系。博士夫人简直可以说是一个恶魔，一个每天想着如何陷自己的丈夫于不义的恶魔。博士夫人的形象好像一下子在我的理想中坍塌了。天生善妒，性格阴暗，长期遭受肺结核的折磨，这一切已经让她的心理接近病态的境地。在博士夫人的世界里，这个世界是阴暗的，是潮湿而冷漠的。病态的心理，不如意的人生，让博士夫人的眼中只剩下了残忍。她日复一日地幻想着、谋划着自己的残忍计划。当我想到这一切时，我不禁有点儿恐惧。

对于博士夫人近于病态的心理，我们的分析暂停一下。我们再回到刚才那个疑问，那组可疑的脚印没有回到博士家，这到底该怎么解释？这也就是我百思不得其解的第二个疑点。

这么说吧，如果那组脚印是死者自己的脚印，那么她没有回到家里，是不是再正常不过了？但是我的推理不能就此打住。设想一下，如果博士夫人是犯罪天才，那她肯定不会忘记让那组脚印回到家里。另外，如果没有那张收据，现场还有别的线索能帮助我们捕捉博士夫人设计的这一切吗？

对于这样的疑问，帮助我发现真相的居然是我刚才提到的第三个疑点——狗的脚印。现场有那么多的狗的脚印，那组可疑脚印没有回到博士家里，当我把这两条线索联系在一起时，真是柳暗花明，我突然豁然开朗。

事情应该是这样的，打算将自己的死嫁祸于丈夫的博士夫人原本计划穿着博士的短靴在自己家和铁轨之间往返一次，但是谁想到半路杀出来一个程咬金——她的爱犬——约翰。约翰是我今天拜访博士家的时候，从博士家的用人口中得知的。约翰大概不能理解自己主人的奇怪行为，于是围绕在主人身边不停地狂吠。这可坏了！博士夫人完全没有预想到这一点，她非常担心约翰的叫声惊醒自己的家人从而暴露自己的行为，或是引发周围的狗的叫声引发别的不必要的麻烦。博士夫人果然聪明绝顶，她立即想到了一条妙计——一条既能将约翰赶走，又不影响自己计划照常实施的妙计。

根据我从博士家用人那里得到的消息，约翰是一条接受过正规训练的狗，平时与主人外出，嘴里都会叼着东西。并且，回到家后，约翰知道将嘴里叼着的东西放到内室。今天，我到博士家拜访时，还发现了一个事实：要从后院去往内室的檐廊必须经过环绕内院的木墙上的一道门。记住，这道门只能从里面开启，也就是说不能从里向外推开，只能在门里面向里面拉。

养狗的人都知道这样一个事实，如果要让狗暂时离开自己，只有口头上的命令很难做到，但是如果能给狗下达一项任务——比如将一个物品扔得远远的，让狗去将其叼回来，则十分容易。博士夫人很好地利用了这一点，她将那双短靴放到狗的嘴里，命令其叼回内室。博士夫人多么期待，那双短靴能被狗叼到内室的檐廊下——当时檐廊上的窗户应该是关着的，所以约翰无法像往常一样将短靴放入内室。另外，对于狗能被顺利地挡在无法从内向外推开的内院——以至于它无法再回到现场，博士夫人也是无比期待。

不得不承认，以上也是我的推理，是我基于——没有找到短靴回家的脚印、现场有很多狗的脚印以及博士夫人有一定的作案动机——所做的充满想象力的推理。对于我的推理，我也担心人们会指责太过异想天开。相较于黑田刑警的推理，我更相信我的推理。我认为，之所以没有找到有人穿着短靴回家的脚印，很可能是博士夫人的疏忽导致的。现场出现的杂乱不堪的狗的脚印可能是在提醒我们，博士夫人从谋划这一计谋的开始就想好了要这样处理那双短靴。这样的猜测很可能更接近真相。我想强调的是，不管博士夫人是如何谋划这个细节的，都不会动摇我“博士夫人才是此次事件的主谋”的论断。

当然，以上解释还有一个漏洞，那就是——一条狗如何能同时将两只短靴叼在嘴里？能够揭开这个真相的是我之前提到的第二项证据——作为证物被警方收留在警署的那双短靴的鞋带。这一点我是费了好大的工夫才从博士家的用人那里得知的。博士家的用人说，他们也很奇怪，就像是剧场的专业管理员保管鞋子一样——那双靴子是用鞋带系在一起的。我不知道黑田刑警是否注意到了这个细节。也许是发现重要证据的喜悦让他疏忽了这一细节吧！当然，黑田刑警也有可能注意到了这个细节，只不过随便找个理由不了了之了，比如凶手是基于某种无碍侦破此案的原因将两只鞋系在了一起。不然的话，黑田刑警不可能置这个细节于不顾，做出那样的结论。

安排好这一切后，精神近于病态的博士夫人喝下了早已准备好的毒药。躺在冰冷的铁轨上时，博士夫人一定在想象自己的博士丈夫从万众敬仰的大学者沦为阶下囚甚至锒铛入狱的狼狈样子。之后，她便焦急地等候像往日一样疾驰而过的列车赶紧到来，然后从自己的身上碾轧而过。至于博士夫人装毒药的药瓶或者杯子，我不得而知，要是有人能在事发地点的泥地里仔仔细细寻找一番，能发现点儿什么也说不定呢。

还有夫人怀中的那封遗书。跟其他物证一样，遗书显然也是博士夫人伪造出来的。当然，这也是我的推理，因为我没有见过这封遗书。如果警方能请到笔迹鉴定专家好好鉴定一番，我想一定能发现一点儿蛛丝马迹——比如博士夫人以疑似某人刻意模仿自己的笔迹写就的。信上的内容，那应该是句句属实的。

通过我的叙述，大家应该可以明白我究竟在讲什么了。因此，对于此案的其他细节，我就不一一举反证加以说明了。

至于博士夫人为什么会自杀？大家应该也能想象得到的。正如博士夫人在遗书中所写，博士夫人患有重度肺结核——我在博士家用人那里得到了证实。这可能是博士夫人自杀的主要原因。博士夫人病态的心理让她做出了这样的行为，她想放弃自己的生命，但是也想报复自己的丈夫。

我的陈述到此结束。我希望此案的初审法官能尽快传唤我到庭作证。

这一天，还是在那家餐厅，还是那张桌子，左右田先生与松村先生相对而坐。

“你可倒好，一下子成了炙手可热的名人了！”松村打趣道。

“很高兴我能为我国的学术界做出这样一点儿微不足道的贡献。假如将来富田博士要发表震惊学界的论文，把我当成第二作者好像也报答不了我之于他的恩情吧。”说完这句话，左右田先生伸出右手五根手指，插进了他那一头蓬乱的头发中。

“我真没想到，你竟然是这么优秀的侦探呢。”松村这次很是诚恳。

“不！我不是优秀的侦探，我只能算得上是一个空想家。我的想象能力确实要好一些。这么说吧，假如最初的嫌疑犯不是富田博士——我十分尊敬的学术泰斗，说不定我会假想他就是凶手，而把我所发现的每一项有力的证据一一否定掉。你现在懂了吗？我所用的证据并不是毫无破绽，换个角度看也许就是另一种性质呢！还有，就是那张PL商会的收据，假如我不是从石头下面发现的，而是从石头旁边捡到的呢？”

松村先生一脸惊诧。左右田先生的脸上则闪过一丝狡黠的笑容。

带着贴画旅行的人

如果这不是在做梦，不是我精神错乱的结果，那么那个带着贴画旅行的男人一定是疯了。在梦中，我们能领略与现实稍有差异的另一个世界的风景。神经错乱的人，也能体验到正常人体验不到的风景。而我要说的这件事，也是我通过大气这个滤镜偶然窥视到的常人所不及的一件奇怪的事情。

至于具体的时间，我已然没有印象。我只记得那是个温暖的日子，天气虽然有点儿阴暗，我正在从鱼津看海市蜃楼归来的途中。每每和好友提及此事的时候，我都会受到这样的指责——“你不是说你从来没有去过鱼津？骗人！”

是的，我也确实提供不了我到过鱼津的证据，比如哪年哪月哪日……这么说来，那果然是我一直在做的一个梦？但是哪有如此真实的梦境呢？在我的记忆中，梦境一般都是如黑白电影一般平淡。

我深深地记得，当时的情景是那么逼真！梦境怎会有那么浓烈的色彩？当时在火车上经历的那一幕幕到现在仍然记忆犹新。以一幅色彩鲜艳的贴画为中心，那浓烈的五颜六色的色彩张扬着炫目的光深深烙印在我的记忆里。

难道真有如此色彩鲜艳的梦境？

我记得，那一天我有生以来第一次看到了梦寐以求的海市蜃楼。我此前一直在想象，当一幅美丽夺目的龙宫城的画面从贝壳的气息中浮现出来时，我会体验到什么样的感受。然而，当真正的海市蜃楼出现的时候，我却好像被一种恐怖的景象击中了一样，大惊失色，汗流浃背。

黑压压的人流聚集在鱼津海岸，凝神屏息，大气都不敢出一口地注视着远处的海面与天空。

在我的印象中，日本海是最凶猛的海，时时刻刻惊涛拍岸，骇浪滔天，但是那一天，那一片海，却出奇的平静，完全超乎我的想象，我从未见过那般平静的海面。

到现在我还记得，那一片灰色的海，平如镜面，没有一点儿波浪，就像一片毫无生气的沼泽地一直向远方延展。而远方，海天一色，海面与天空完全交汇在一起，海平面模糊不清，笼罩在一片雾蒙蒙之中。我的视线完全模糊了。

浓郁的雾气上面，你以为是天空，实际上还是海面，有一艘扬着白帆的大船如幽灵一般从人们眼前掠过。

海市蜃楼很像是在浩瀚的天空中上映的巨幕电影。海市蜃楼也像是乳白色底片上自然晕开的一滴浓浓的墨汁，晾干放大数倍之后再投射到巨大的天幕。

遥远的能登半岛上的森林，通过不同的不断变形的大气透镜，被投影到我们眼前的大气中，黑压压一片，远远望去，就像在没有调好焦距的显微镜中呈现的黑虫子似的，模模糊糊，却又大得离谱，压在人们头顶的天空，壮观，极致，却又不无压迫感。再变换视觉一看，那也就是一团普普通通的黑云。但是若真是一团普通的黑云，视线之内，必定能清楚其所在的位置。但是海市蜃楼怪就怪在，你分明能将其看得清清楚楚，但是你却完全不清楚它具体出现在哪里，它遥远得像漂浮于远方海面上的大海妖，仔细一看却又像是逼近眼前的一团普通黑云，甚至是你眼睛角膜上的一小块黑影。这种来自距离上的暧昧感，恰恰是海市蜃楼最奇妙的地方。它因此给人带来的癫狂之感，让人迷离。

在大气中悬浮的模糊的晕黑状气团不断地变换着形状，忽而是边缘不清的倒置的三角形，犹如一座倒吊着的宝刹；忽而是一列疾驰在轨道上的列车；忽而是树木并排的杉树林。其间的转换过程犹如一个一个景致突然崩塌又瞬间重组。每一个景致看似静止不动，但总会在你无意之间像画布上的墨水一样面目全非。

在坐上归途的火车之前，我一直沉浸在海市蜃楼带给我的震撼之中不能自已。它真的是自带魔力。我是于黄昏时离开鱼津的，我记得一直到在火车上过夜时，我的心境仍然没办法平静下来。长达两个小时静静地望向天空那不同寻常的景象，带给我的观感，后劲儿十足。

算起来，我是六点多搭乘的返回上野的火车。也许是绝对的偶然，也许是那列火车一向如此，我所在的二等车厢那一天可以说是空空如也，就像平日里的教堂一样。整个车厢，除去一个比我先上车的蜷缩在对面一个角落里休息的乘客，就是我了。

伴随着火车前进时节奏一成不变地发出的那种单调的机械碰撞的声音，那寂静海边突兀的险峻岩石和平静的沙滩飞快地从我眼前掠过。一望无际的模糊不清的海面上，浓浓的重雾中锁着一抹残阳。残阳之下的海面，一艘大得离奇的白色帆船在慢慢滑行，那场景如梦中一般虚幻。

天气越来越热，闷热，没有一丝风，伴随着火车的疾驰从各种缝隙钻进车厢的细细的微风时有时无。连续不断的短隧道和隔三岔五出现的挡雪柱将外面灰蒙蒙的天空和一览无余的大海变成了斑马条。

火车路过断崖一带时，天色已经完全暗下来了，车窗外的天空和车厢内的灯光差不多一样灰暗了。

忽然，我对面角落里的同行者直起身子，将座椅上的一大块黑色的缎面布巾铺开，并将原本在车窗边竖着的一个大小一米左右的扁平的物体放进去包成了一个大包袱。同行者的这一举动不由得引起了我的好奇。

那扁平的物体应该是一个画框。我注意到，画框的正面是朝向窗户外面的，也许有什么特别的讲究。据我观察到的情况，我自信地估计，他之前是故意将画框从包袱里拿出来，并画面朝外地放在车窗处的。在他将画框放进黑色缎面布巾的时候，我瞥到了一眼画面，那上面有绚烂的色彩。我想，那画框一定不简单。

一直到这时候，我才想起看一眼这画框的主人。然而，这一看，我更加吃惊了。这同行者果然非比寻常。

先说他的着装，他穿了一身样式早已过时的黑色西服，窄领，窄肩，这种衣服的样式现如今也许只有在父辈那已经褪色的照片中才能找到。好在那人个儿高，腿长，穿这样一身西服，倒也不显得土气，反倒给人一种英姿飒爽的感觉。

再说他的长相，他椭圆的脸盘上，最吸引人的就是那一双炯炯有神的眼睛了，此外更是一脸和蔼。他那一头又黑又密的头发打理得有条不紊，让人乍一看，还以为他只有四十多岁。实际上再仔细一看，他脸上布满的深深浅浅的皱纹会告诉你，他至少也有六十岁了。

是的，那一头乌黑的头发和他那满脸皱纹且毫无血色的脸一点都不协调，以致我第一眼看到他的脸时，居然深深地吃了一惊。

他谨小慎微地将东西收好以后，很自然地朝我这边看了一眼，而我当时正怔怔地看着他，所以我们就那样彼此尴尬地对视了一眼。就在那一瞬间，他很不自在地对我笑了一下，我也不好意思地点点头表示回应。

两三个小站之后，我们依然各自坐着一动不动。当然，我们的目光偶尔也会发生碰撞，尽管在一瞬间的碰撞之后会迅速躲避彼此，然后各自投向窗外。

此时此刻，窗外一片漆黑，即使把脸贴在窗户上，也只能偶尔看到来自海面上漂浮的渔船的点点灯光。在这漆黑的世界上，只有两位乘客搭乘的这节车厢，好像成了唯一的存在。除了我们俩，这世界上好像再没有任何生物了……唯有火车还在

“咔嚓……咔嚓……”地徐徐前行。

我清清楚楚地记得，我和那人搭乘的那个二等座车厢，一路上再没有上来一个乘客。更令我费解的是，就连列车服务员和列车长也从来没有露过面。

慢慢地，慢慢地，我突然觉得我对面角落里坐着的这个同行者很可疑。或者说是，他那既不像四十岁，也不像六十岁的神态，再加上那一身犹如西洋魔术师一般的穿着，让我心里不由得生出一种恐惧来。

恐惧感，在我们无所事事的时候，一般都会无限制地放大，直到占满我们的身体，让我们手足无措。我再也不想让自己承受那种折磨，于是强装镇定地站了起来。然后，我径直朝我的同行者走去。对我来讲，消除恐惧最好的方法，就是接近恐惧。

我走过去直接坐在了同行者对面的座位上。然后，我按捺住内心不断翻起的疑问，屏住呼吸，静静地看向对方。我这一系列举动，也许显得我比对方更加奇怪。但是当我将对方看得更清楚之后，我发现他那张布满皱纹且毫无血色的脸更加奇怪了。

实际上，从我站起来的那一刻起，他就一直在关注我的举动。当我坐在他对面，凝神屏息地看向他时，他一副仿佛知道我要干什么的表情。我看见他用自己的下巴指了指包袱，然后不紧不慢地问道：

“你是想看看这个对吗？”

他一点儿都没有感觉到我的行为很奇怪，表情也很淡定。这倒是让我十分吃惊。

“你是想看看这里面的东西对吗？”

见我没有回答，他又问了我一遍。

“是的，能给我看看吗？”

我脱口而出，我也不知道是怎么回事，一下子就讲出了这句话。实际上，我并不是想要看他的包袱才来到他身边的。

“没问题，我可以给你看。我已经考虑好了，我刚才一直在考虑这件事。我觉得，你一定会走过来看个究竟的。”

那个男人，一边说着一边用他那修长的手指解开了那个包袱。也许，我应该称他为——老人家——更合适一些。我看见他轻松地取出了那幅画，并且挂在了列车车窗上。

这一次，画框的正面是朝向车窗内的。

我看了一眼那幅画，然后不自觉地闭上了眼睛。我一直到现在也没搞明白——我当时为什么会有那样的反应？但是我又隐隐觉得，我那样的反应，真的是理所当然。

当我睁开眼睛以后，我再次看向那幅画。那画面如此神奇，我此生从未见过的神奇，但是我也说不清楚它究竟神奇在哪里。

那幅画远看上去，很像是歌舞伎的舞台背景。整个背景的基底色是蓝色。主要画面是很多间相互连通的房间。作画者用透视的方法，将房间里的榻榻米和格子状的天花板描绘得绘声绘色，令人身临其境。

画面的左前方，有一个书院风格的墨色窗户。窗户旁边有一张墨色书桌。书桌的画风明显与透视画法的规则是相违背的，这似乎是作画者故意为之。

在画面的背景色上，有两个约一尺高的人物形象异常显眼，因为它们是用布贴工艺做上去的，并不是用画笔画上去的。其中一个是一个老人，身穿一身黑色绒面西服，头发花白，非常不自然地坐在地上。我隐约中感觉到的神奇之处可能就在这里，画面上的这个老人和画框的主人外貌几乎一模一样，就连穿着也一模一样。

画面上的另一个人是一个正值青春的少女，也就十七八岁，穿着得体的和服，扎着黑缎腰带，梳着规整的发型，一脸娇羞。少女蹲在老人的膝盖旁边。画面明显是在讲风月场上的事情。

是的，一个是穿西服的老者，一个是年轻的青楼女子，其中的反差确实够大，也确实让人吃惊。但是这幅画的神奇之处，不止于此。

与画框里简陋的背景画相比，用贴布工艺贴上去的人物贴画可谓相当精致。两个人物的面部用白绢扎成，线条柔和，但十分立体，几乎脸上的每条细纹都清晰可见，绘声绘色，栩栩如生。那青楼女子的头发应该用的是真的头发，一缕一缕，造型也相当考究。老人的头发当然也是真发植入。老人西服上的针脚都相当规整，若隐若现地能看到芝麻粒儿大小的纽扣镶在其间。再看看那女子，无论是微隆的胸部，还是优美的腰腿部曲线；无论是胸口处绯红色内衣里隐约可见的凝脂般的肌肤，还是那纤纤玉指上犹如贝壳般通透的指甲，都十分精致。我想如果有放大镜的话，一定可以看见他们身上的毛孔和汗毛。

其实之前我也见过贴画，比如羽球板上的那种歌舞伎演员的肖像贴画，我只觉得那已经相当精美。但是现在一看眼前的贴画，以前见过的那种贴画和眼前的贴画一比，真的是小巫见大巫。这贴画一定出自名家之手。但是我发现，这还远远不是这幅画最神奇之处。

实际上，那画框已经十分陈旧。背景画上的涂料已经是旧迹斑斑。老人和少女的衣服的颜色褪色已经相当严重。但是这一切丝毫没有影响到整个画面时时散发出的一种梦幻气息，隐藏其间的勃勃生机好似随时能灼伤人的眼睛。实在不可思议！

但是所谓神秘之处好像也不止这一点。

那我感觉的所谓的神秘之处究竟是什么呢？若硬要形容一下我那种发自内心的奇妙感觉，那就是——那两个贴画人物应该是两个活生生的人。

比如在人偶剧中，被技艺高超的人偶大师操纵的人偶往往会在某一个瞬间好像被赋予了生命一般，而面前的这两个人偶好像没有给那一瞬间的生命气息溜走的机会，而是将其封存在了体内，以至于才能长期地保持那种栩栩如生的生命状态。

老人似乎看明白了我的心思，一脸兴奋地对我大声说道："啊哈！或许你会懂得的。"

老人一边说话，一边把原本背在肩上的黑色皮革箱子放了下来，小心地打开上面的锁，然后拿出一架看上去相当古老的望远镜。

老人把望远镜递给我，并对我说道："拿着这个看看吧！这里距离太近了。麻烦您后退一点儿，对，就那个位置，那个位置正好。"

当时，实际上我并不明白老头为什么要让我那么做。但是他的行为进一步激发了我的好奇心。我不由自主地站起身，按照他所说，后退五六步，站定身体。

然后，我看到，为了方便我观看，老人迎着灯光将画框举了起来。

现在想来，当时的情景一定是滑稽的，可能更是常人不能理解的疯狂行为。

我这才有机会仔细看一下老人给我的望远镜，那应该是二三十年前的舶来品，就是我们小时候经常在眼镜店橱窗里看到的那种双筒望远镜。由于年代久远，久经摩擦，望远镜的很多地方表面的黑色已经脱落，底座隐隐约约露出了里面的黄钢材质。总之，那望远镜给人的感觉，比老人身上的西服还像古董。

经过这么一番观察和把玩，我才准备拿起望远镜看向老人手里的画框。然而，就在我举起望远镜的那一刻，我非常非常意想不到地听到了老人的惊呼——“不行，不是那样，你拿反了！千万不能反着看。”

我抬头，看到老人着急地的不停地向我挥手，好像我犯了多大的错误似的。我有点儿无法理解老人的奇怪举动。

“是的，是的，不好意思，我弄反了。”

我连忙避开老人那一脸不安的神情，赶紧把望远镜调了个个儿，放在眼前，看向老人手里古怪的画框。

等我对准焦距，等那两个圆形的光圈慢慢地合二为一的时候，画面上的一切开始变得清晰，少女那婀娜的身姿被放大了好多倍，好像占满了整个画框，不！占满了整个世界。

如何向各位读者描绘我当时看到的情景呢？由于我此前从未看到过有事物那样慢慢地出现在我的眼前，因此如果要我将那个过程描绘出来，难度还真的是不小。这么说吧！那少女慢慢在我眼前从模糊变清晰的过程特别像海底的女妖从水面下跃出水面的那一刻。是的！就是那样！那少女就像是海底的女妖一样，在蓝色的海水下面不断扭动着妖艳的身体，就像海里的水草一模一样，但是身体轮廓并不清楚，只能看见白花花的一片。慢慢地，她浮到了水面，蓝色的海水渐渐退去，她的身体越来越清楚。突然，她跃出了水面，周围所有人都注视着她，看着她突然幻化成人类的模样。通过望远镜，那画框里的少女就是这样慢慢呈现在我的眼前的。她慢慢浮现在我眼前，直到成为一个清晰的人形。

在古老的望远镜的镜面的另一端，有一个梦幻般的世界，一个婀娜的少女和一个穿着旧式西装的白发男子在那世界里过着隐秘的生活。

我看到了我此前从未见过的景象，我凝神屏息地注视着那神奇的世界，心情好似翻江倒海，不知所措。

先说那少女，她并未有任何动作，但是镜片里的她和我刚刚在画框里看到的她完全不同。只见她，面泛红晕，胸部微微起伏，我好像都听到了她心跳的声音。总之，她全身上下散发着少女特有的生机和活力。

在望远镜的帮助下，我将那少女看了个仔仔细细，然后将目光转向旁边她依偎着的老人。

望远镜镜头下的老人一样栩栩如生。我看到，用双手环抱着少女的老人幸福无比。他们的年龄差最少也有四十岁。但是，让人无法理解的人，当我调整焦距，将焦点对准老人的脸时，我却从他脸上看到一种苦闷的神情。在透镜之下，老人的脸仿佛就在我的眼前，活灵活现，然而他那悲痛中夹杂着惊恐的神情，莫名其妙地给人一种恐怖的感觉。

一阵一阵的恐怖让我无法再看下去了！我不由得将视线从望远镜上移开，看向我身处的四周。空荡荡的夜班火车车厢，我的对面是举着画框的老人孤寂的身影，车厢外漆黑一片，唯有火车前进时传来的机械声一如既往。

“你为何这般吃惊？”

老人将画框放下，示意我坐下，然后对我说。

“闷热，这里面太热了，我好像有点儿不舒服……”

我不知如何回复他，只能简单应和。

忽然，老人微微站起身，弓着背，凑到我这边，他一边用修长的手指在膝盖上有节奏地拍打着，一边悄声对我说道：“你看出来了，他们都是活的，对吧？”

然后他突然就像是要告诉我什么重大的秘密一样，将身子进一步靠近我，眼睛瞪得大大地看向我。他说：“你想不想听一听他们的故事？”

火车的声音有点儿吵。我以为我没听清楚，反问一句：“他们的故事？”

“是啊！”老人的声音低沉却充满魔力，“对，他们的故事，尤其是白发老人的故事。”

“从年轻时起？”

我也不知道那天晚上为什么我会连续不断地说出让自己也感到惊讶的话来。

“是的，从他25岁时起发生的事情。”

“十分期待。”

我像是在探求某个人的秘密一般，请求老人——也许那是催促。

老人似乎非常高兴的样子，脸上的皱纹都挤到了一起，大声说道：“你果然愿意听。”然后，他便慢慢地向我讲了一个离奇的故事。

“对我来讲，这几乎是我这辈子经历的最重要的事情。现在想来，我仍然记得非常清楚，那是明治二十八年的事情了。那一年的四月二十七日的黄昏，家兄变成了那样，”他说着，用手指向画框里的老人，“那时候，我们都还没有继承祖业，所以没有办法独立生活。我们当时生活在桥通三丁目，我的父亲那时候经营着一家绸缎庄。浅草的十二阶那时候刚刚竣工，家兄经常去那里欣赏美景，我对此印象深刻。你要知道，家兄非常喜欢这些，喜欢美景，喜欢新奇玩意儿，尤其喜欢异国风情。你看，这个望远镜，据说曾是国外某著名船长随身之物，家兄是在横滨唐人街的一个旧货商店里淘到的。花了不少钱才弄到手的呢。”

老人一提到“家兄”，就好像那画里坐着的真的是他的兄长似的，时不时看向画里，或是用手指一指。现场那种情境给我的感觉是，老人所言的家兄完全就是画框中的白发老人，因而贴画中的老人便有了生命，坐在那儿静静地听他的兄弟讲他的故事。而我，反倒成了一个旁观者。他讲话的语气真的给我种这样的感觉。但是，我一点儿都不觉得奇怪！我们好像已经不属于这个真实的世界，完全进入了另一个神奇的世界。

“你是否去过十二阶呢？没有？太可惜了！那是个怪异的地方，怪异到了极点……建造他的人不知道是个什么怪物！据说那是意大利人巴士顿的杰作。

“当时的浅草公园，大家耳熟能详的游玩项目无非是蜘蛛男的杂耍，女艺人舞剑或踩球，源水的陀螺表演或是看拉洋片等，其中比较好的是仿造富士山做的假山群，以及梅兹八卦阵杂耍。你想一下，在这期间突然拔地而起一座红色砖塔，多么不可思议啊！据说那砖塔高达六七十米，它八角形的屋顶，特别像一顶帽子。在整个东京，只要稍微高一点儿的地方，不管什么方位，都能看到这座独特的红色砖塔。

“我刚才已经说过了，明治二十八年的春天，家兄得到这个望远镜的时间还不长，新鲜劲儿还没过。从那以后，家兄就有点儿不正常了。家父整天担忧家兄的精神状况。我也为此不胜忧虑。我非常敬重家兄，因此非常担心他。当时的情形是这样的，家兄成日里没有胃口，不思饮食，整天把自己关在房间里，对周围所有人不理不睬，身体越来越消瘦，面如死灰，你见过得了肺病的病人吧？他就像个病入膏肓的肺病病人一样，唯有一双眼睛还炯炯有神。

“家兄本来身体就不好，如此一来，更加严重。他每天一副苍白的面容，再加上郁郁寡欢的性格，让我们十分担心。但他每天仍然坚持按时外出。我们都不知道他每天浑浑噩噩地去了哪里，问他他也不告诉我们。为此，家母想方设法想弄清楚家兄究竟为何如此消沉，但是任何努力都是徒劳。家兄的这种情况持续了一个月左右。

“家母实在太担心家兄了，因此有一天让我跟踪家兄出去，想让我看看家兄每天究竟去了哪里，干了什么。我清楚地记得，那天也如今天这般阴沉。像往常一样，午饭过后，家兄就穿上特别定做的当时非常流行的黑色绒面西服出门了。他出门的时候带着这个望远镜，他去的方向是通往日本桥的马车铁道。我小心翼翼地跟在他身后。

“很快，我看到家兄在通往上野的马车铁道前排队，并且很快上了一辆车。那会儿的车，间隔时间太长，我不可能坐下一趟车继续跟踪，于是只好使用家母给我的零花钱，雇了一辆人力车。你可能没坐过那样的人力车。虽然是人力车，但是如果车夫跑得快，追上铁道马车那是太容易了。

“不久，家兄下了车，我也赶紧下了车。我一路跟踪家兄前行，最后竟来到了浅草的观音堂。家兄一路穿过商店街、正殿前面以及正殿后面拥挤的各种杂耍小摊，最后来到了十二阶跟前。我看着他走进石门后，掏钱买了一张门票，随后从挂着‘凌云阁’匾额的入口进入了塔中。

“家兄每日来的地方，竟是这里！我做梦都没有想到，因此非常惊讶。我当时刚刚成年，心理还很幼稚，居然以为家兄是被这里的怪物附身了！

“对于十二阶，我之前只是跟随家父去过一次，唯一的印象是里面非常恐怖。我眼看着家兄消失在入口处，只得硬着头皮跟了进去。我尾随家兄，和他隔着一层楼。我一步一步，小心翼翼地踩着阴暗的楼梯，生怕家兄发现我。那砖塔外墙极厚，窗户又极小，因此里面异常阴冷。墙上挂着的有关战争的油画，画面无比惊骇。而我的脚下，阴冷如蜗牛壳般的石阶不断向上盘旋延伸。终于，我一路颤颤巍巍地来到了顶层。

“顶层有点儿像一个露天瞭望台，没有围墙，只用栏杆围了起来。由于刚才一路上来的时候，完全置身一种阴暗的环境，一下子来到顶层，我居然对光线有点儿不习惯了。站在顶层，几乎可以伸手触天，云朵好像可以左拥右抱。一眼望去，东京城错落有致但又凌乱不堪的建筑尽收眼底，品川的御台就像是一个盆景。

“在那样的高处，我真的觉得有些眩晕，我凭栏俯看，观音堂就在我的脚下，表演杂耍的小摊形如微缩模型，行人隐隐约约只能看见头和脚。

“环顾周围，只见十多个顾客正在窃窃私语，脸上的表情不无恐惧和惊诧，他们一边讨论着什么，一边看向遥远的品川海面。

“与此同时，我看见家兄独自一人正拿着望远镜，专心致志地看向观音堂的方向。家兄身穿黑色绒面西服的背影，在阴沉沉的天空和云彩的衬托下反倒显得十分扎眼。我站在家兄背对着的位置。从我的位置望向家兄，由于看不到塔底杂七乱八的东京城，恍然觉得家兄犹如油画中的人物一般神圣，一时间我竟然不敢打扰他，更别说呼唤他了。

“但是，我不能将母亲的吩咐抛之脑后，我只能硬着头皮走到家兄身边，轻声打了个招呼：‘哥哥，你正在看什么呢？’我的突然出现明显吓了家兄一大跳，他感觉很尴尬，但是没有说什么。我只好接着说：‘哥哥，您最近的状况，父亲、母亲都十分担心，他们很想知道您这些天究竟是去了哪里。哥哥，原来您每天就是来这里啊。哥哥，您能告诉我您每天来这里干什么吗？’我看旁边并没有别人，因此很恳切地请求家兄。

“然而我虽百般请求，家兄却一言不发。但是我并没有放弃。最后，在我的死缠烂打加软磨硬泡之下，家兄终于向我道出了那一个多月以来深藏于他心里的秘密。然而，当得知真相的时候，我竟然深感不可思议。

“在那一个多月之前，家兄游览十二阶时，他偶然间拿着望远镜向下看，无意之中于人群中发现了一个美若天仙的少女。自那以后，从来对女色并不上心的家兄竟然深陷其中，整日里想着那偶然遇见的美女，不能自拔。

“当时家兄看了一眼那美女，激动得不行，无意之间拿开了望远镜。等他回过神来，再次拿起望远镜望下去的时候，发现那美女已经消失于人群之中了。任凭家兄如何寻找，就是没有找到那美女。实际上，这很正常，因为望远镜里看上去很近的人或物，实际上却非常远。你偶然从望远镜里看到的人和物，你再去寻找，很难再次发现。

“从那以后，家兄便对那姑娘念念不忘。本来就十分内向的家兄，因此患上了我们常说的相思病。现在，我们说某人患了相思病，可能会觉得十分离奇，但是那会儿是十分常见的事情，很多人对擦肩而过的人一见钟情，从而患上相思病。家兄在长达一个月的时间之内，日复一日拖着虚弱无比的身体来到十二阶顶层，拿着望远镜仔细寻找，期待那姑娘再次出现。爱情的力量真的不可思议。

“家兄一边和我讲着这些，一边拿起望远镜继续寻找。我知道家兄的这种寻找真的是希望渺茫，但是我又不知道如何安慰他，只能对他的遭遇深表同情。我盯着家兄的背影，一时热泪盈眶，我因为家兄的一片痴情无比感动。那时，那刻，天哪，我此生再无法忘记当时那奇怪而又绚烂的情景。算起来，那已经是三十多年前的事情了！但是至今想来，我仍然记忆犹新，那梦幻般的情景仿佛就在眼前。

“我刚才说过，在家兄背后，我能看到的除了家兄那瘦削的背影，就是灰蒙蒙的天空和天空飘浮的轻雾薄云。浮云微动，家兄瘦削的西装背影给人的感觉就像是飘浮在半空中一样。突然，神奇的景象降临了，许许多多五彩缤纷的气球你追我赶般飘上天空。当时的情景，实在难以用语言描述。那犹如绘画一般的神奇景象，就像是带着某种寓意一般突然出现在我眼前，使得我心中充满一种难以名状的情愫。

“等我缓过神来，才想起要去看看究竟发生了什么……我赶紧往下看去，原来是气球小贩手里的气球不小心脱手了。要知道，在当时，气球还算是挺少见的稀罕之物。我虽然知道眼前看到的一切神奇的景象都和突然而至的气球有关，但是我内心仍然隐隐有一种难以诉说的神奇的情绪。

“突然，家兄兴奋起来，原本苍白的脸红通通的，他跑到我身边，拉起我的手，喘着粗气对我说道：‘快走，再不走就来不及了！’他拉起我的手就飞快地向下跑去。我满脸惊讶，难道他真的再一次发现了那姑娘？我随口问了一句：‘这是怎么回事？’他上气不接下气地回答我说：‘我看到她了，她现在就坐在一个铺了绿色榻榻米的房间里，咱们赶紧出发去找她。她肯定还在那儿。’

“家兄说那是观音堂的后面，那儿的标志物是那棵大松树。我们很快来到了家兄所说的地方——观音堂的后面，我们找到了那棵大松树，但是我们并没找到什么铺着绿色榻榻米的大房间。也许是我们被鬼魂附体了，也许是哥哥太执着以至于鬼迷心窍了，我们找了好久并没有找到那位姑娘。连附近的茶室我们都找了，但一无所获。看着家兄沮丧的神情，我好生心疼他，我唯一能做的是一遍一遍用言语抚慰他。

“我们继续四处寻找。结果在寻找的过程中，我和哥哥走散了。我只好重新回到那棵大松树附近找他。那里有很多小摊贩，其中有一个放洋片的小摊，老板正噼里啪啦打着鞭子招揽生意。我发现哥哥正趴在镜头前聚精会神地看着。

“我走过去，拍了拍家兄的肩膀，问道：‘哥哥，您在干什么呢？’他转过头来的那一瞬间的情景，我这辈子可能都忘不掉了。家兄面带遗憾，表情凝重，有气无力地告诉我：‘原来我要找的姑娘在这里面呢。’

“我非常惊讶，这怎么可能？我赶紧付了款，把眼睛凑到镜头面前。那里面正在播放的洋片名叫《菜店的阿七》，我当时看到的画面正好是，在吉祥寺的书院里，阿七依偎在吉三的怀里。现在想起来，我仍然记忆犹新，那放洋片的摊贩老板夫妇扬着皮鞭，一下一下打着节拍，用沙哑的嗓子应和地喊道：‘快来看啊！大开眼界喽！’直到现在，我感觉那声音仿佛就在耳边。

“你知道，洋片画上的人物是用贴画制成的。那贴画真的是栩栩如生，绝对出自名家之手。我看了以后，也不由得惊叹，阿七不仅有绝色，而且看上去简直和有生命的人一模一样。我终于理解家兄的心情了。家兄一脸痴情地对我说：‘我仍然不死心，虽然我现在知道这姑娘只不过是个贴画上的人物。听上去这是多么可悲啊！但是我终究无法释怀。我是多么渴望自己也能成为故事中的吉三，那样的话我也能让阿七依偎在我身旁，我也能和她说说话，哪怕是一小会儿也好啊！’说完这些，家兄像是失了魂魄一般，呆呆地站在原地，两眼无神，神情极为落寞。我仔细观察了一下，那个放洋片的装置，出于采光的需求，那装置上面是打开着的。家兄肯定是从十二阶的楼顶无意之中通过那装置顶部开着的地方看到了阿七出现的画面。

“话说当时已近傍晚，行人越来越少，拉洋片小摊附近只剩三两孩童流连忘返。那天中午开始，天就逐渐阴暗下来了，接近傍晚，天色更暗，有一种大雨将至的感觉，乌云压顶，直压得人喘不过气来！很快，一阵一阵的雷声，连绵不绝地传来！家兄仍然一动不动地呆立原地，双眼凝视远方。他的那种状态一直持续了将近一个小时之久。

“直到天已经完全黑下来，家兄才真正清醒过来，也许是不远处彩球杂技那边燃放的烟花惊醒了他。他突然对我说：

‘你帮帮我吧。我有办法了，过来，你拿着望远镜，贴着镜头看我。’我连忙问道：‘这是怎么回事？为什么这样？’家兄不理会我的疑问，只是催促我：‘就照着我说的做，别问其他的了。’对于镜头一类的物件，或是望远镜，或是显微镜，我都不怎么感冒。它们的作用要么是将远处的东西拉到眼前，要么是将微小的东西放大很多倍。不知为什么，我对望远镜或是显微镜的这种神奇的作用很是畏惧。因此我从来没有用过家兄的望远镜。

“在那样的黄昏，人影稀疏，万物萧瑟，几步之内的人脸都不怎么能看清楚了，家兄居然要求我拿着倒过来的望远镜看他，我内心里觉得这种行为非常不可理喻，但是我没有拗过家兄的再三请求。我拿着望远镜，反着看过去的时候，家兄高大的身材立马变得只有两尺来高。黄昏之中，他幽暗的身影瞬间清晰起来。透镜之内，别无他物，唯有家兄身着黑色绒面西服的修长身影。因为家兄一步一步退着走的缘故，家兄的身影越来越小，慢慢变成了一个一尺左右的人偶，直至消失在黑暗之中。

“顿时，我感觉十分恐惧。你一定会觉得这十分可笑，我都多大的年纪了，还这么胆小，但是我当时真的非常害怕。我连忙放下望远镜，一边喊着‘哥哥’，一边朝家兄消失的地方跑去。然而，无论我如何寻找，我都没有找到家兄的身影。以我的反应速度，家兄应该不会跑太远的，但是任我如何努力，就是没有任何收获。更加不可思议的是，从那以后，家兄就从这世界消失了。那以后我更加反感——也或许是害怕——这类似透镜的东西。对于这个家兄不知道从哪家旧货店里淘到的据说原本是某外国船长的随身携带之物的望远镜，我更是敬而远之。

“先不说别的，我尤其不敢反着看这望远镜。我一直认为，这望远镜只要反着看，必定发生不幸之事。你现在明白我为什么那么担心你拿反这望远镜了吧！

“到处寻找家兄无果，我拖着疲惫的身体回到放洋片的小摊时，脑海里突然闪过一个念头，家兄会不会由于过度爱慕贴画中的姑娘，从而借助这万恶的透镜缩小自己的身躯进入到贴画的世界中去了呢？小摊贩的老板尚未收摊，我拜托他再让我看上一眼，果然我在镜头那边看到了不可思议的一幕，家兄已经取代吉三满脸幸福地坏抱着阿七。

“看到这一幕，我并没有丝毫的悲伤。相反，我高兴得流下了眼泪，我从心底里为家兄高兴，家兄终于如愿以偿。我请求再三，小摊贩的老板终于同意将那张贴画卖给我。那小摊贩的老板完全没有发现贴画里发生的神奇的事情。

“之后，我回到家后一五一十地将我的所见所闻告诉给了母亲。我的父母完全不相信我说的话。他们生气地责备我：

‘你说的是什么话？难道连你也发神经了吗？’他们完全不相信我说的话，真是可笑！”

说到这里，老人突然无奈地大笑起来。连我都不敢相信，我居然也随着老人发出了几乎一模一样的笑声。

“没有人相信人可以进入贴画中的世界，变成贴画的一部分。但是，家兄真的变成了贴画。从那以后，家兄从这个世界消失了。我的家人都说家兄是离家出走了。别人怎么理解这件事情，都无所谓了，我相信自己的判断。我用从母亲那里得到的钱，从那个小摊贩老板那里得到了那幅画。之后，我带着那幅贴画，开始了漫长的旅行，一路从箱根去到了镰仓。我之所以这样做，是想让家兄和阿七有一个美好的蜜月旅行。自那以后，每当我外出旅行，每当我乘火车的时候，都会想到当时的情景。当时，我也是像今天这样，将画框正面朝向窗外。我想让家兄和阿七欣赏到窗外的美景。我想，家兄不知道有多幸福呢。阿七也是，家兄对她一片深情！她不可能不幸福。当时，他们俩新婚燕尔，每日里羞红了脸，依偎在一起，互诉衷肠。

“再后来，家父决定回富山生活，因此停止了东京的生意。我也跟随家父回到了富山的故乡。三十多年过去了，为了让家兄领略今日东京的风采，我带着他开始了这趟旅程。

“唯一可惜的是，阿七虽然活生生的，但是毕竟原本就是贴画，年龄不会增长，而家兄就不一样了，他虽然也成了贴画中的人物，但他是强行改变形体进入贴画世界中的，仍有寿命限数，当年风华正茂的年轻男子，如今也变成这样一副外貌了，已经成了一个满头银发的老者了。

“你看，这对家兄来讲，是一件多么痛苦的事情！自己爱慕的女子仍然那么年轻貌美，而自己已经是一个迟暮的老者。并且，他还在一直衰老下去！多么可怕！你看他悲伤的表情，从几年前开始就已经这样了！看到他这样，我也十分同情他，为他可惜。”

老人神情黯然地讲到这里，才忽然回过神来对我说：“实在抱歉！让你听了一个这么长这么悲伤的故事！让我欣慰的是，我感觉你听懂我所讲的故事了。你肯定不会像其他人那样，以为我是个疯子，对不对？你是个值得我倾诉的人。还有，兄长，当着你的面讲这些事情，一定让你感到难为情了吧！现在，你们休息一下吧！”

说到这里，老人用刚才的那个黑布巾将画框重新包了起来。就在老人包画框的那一瞬间，我仿佛看到画框里的老者头稍稍一歪，嘴角稍稍露出一点儿抱歉又害羞的笑容。

之后，老人不再讲话，沉默了好一阵。我也沉默不语。这世界唯有火车在黑夜里呼啸而过的声音。

十几分钟之后，火车的速度慢了下来，窗外开始出现三三两两的灯光。

随即，火车停下来了，那是个我不知道名字的小站。通过车窗，我看到一名工作人员孤零零地站在站台上。

“我先告辞了。我要在这里的亲戚家住一晚上。”老人抱着画框，走出车厢的那一刻，这样向我道别。

我的目光追向窗外，老人瘦长的身影——与贴画中的老人的身影何其相似——在简陋的出口将票交给工作人员以后，随即在夜色中慢慢消失。

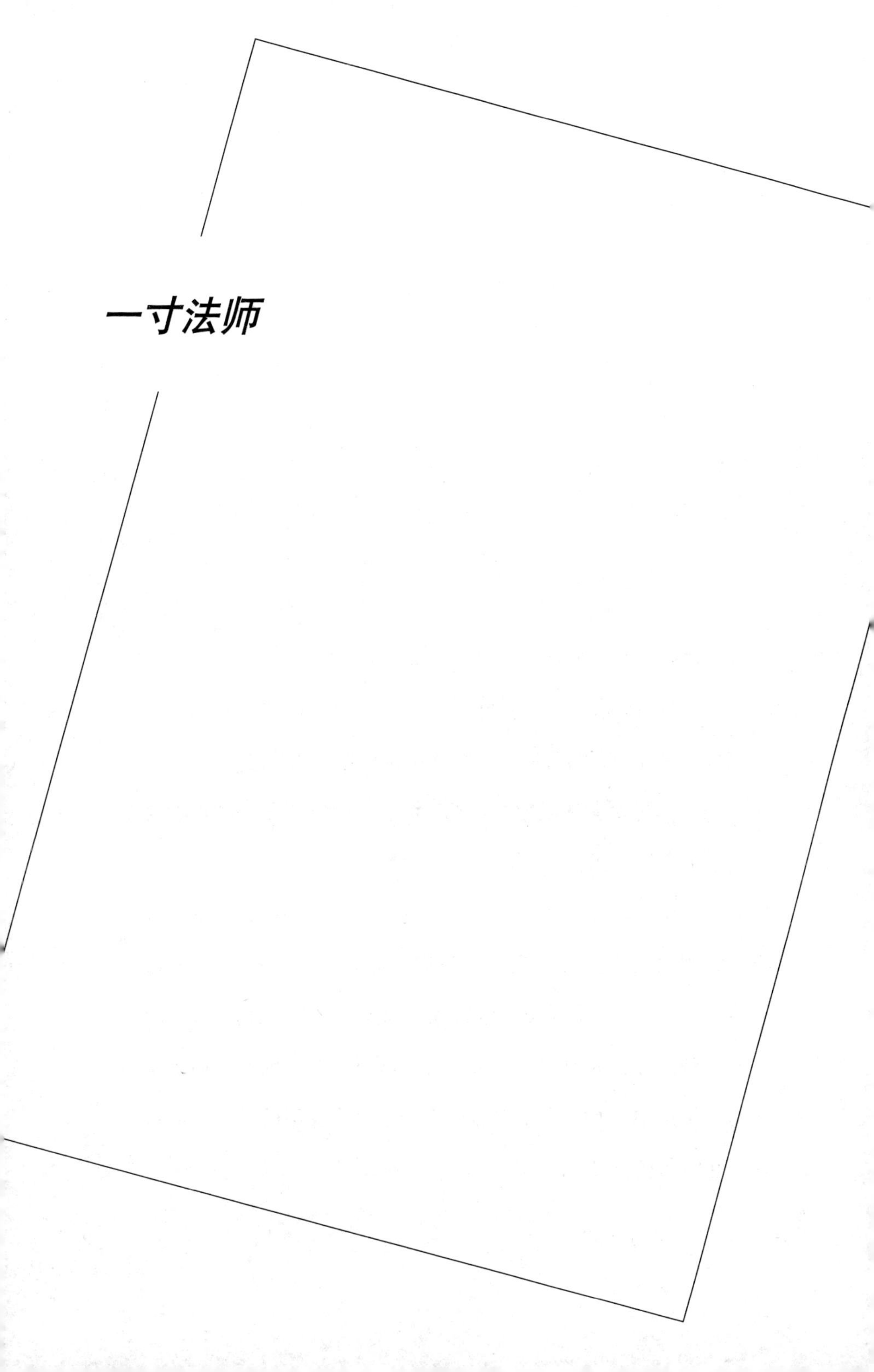

一寸法师

“阿绿，你在发什么呆？过来喝一杯吧！”

一个贴身内衣上镶着金边，下身着紫色缎面四角裤的男子，站在盖子已经打开的酒桶前，用极其温柔的语气说道。

一些男男女女注意力本来都在酒上，听那男子如此说，便觉得话里有话，就把注意力都转向阿绿。

一寸法师阿绿，靠在舞台角落的木柱子上，远远地观望着正在喝酒的同伴。虽然受到热情的邀约，但是他仍然一副好好先生的模样，咧着大嘴傻傻地笑道：“我不会喝酒的啦……”

听到阿绿如此说，已经微微带着醉意的杂技师们无不哄堂大笑。笑声中，有男人粗鲁的笑声，有女人尖厉的笑声，混合在一起回荡在空气中。

“这还用你说嘛？我们都知道你不怎么喝酒，酒量并不大，但是今时不同往日，庆祝一下我们演出的空前成功吧！即使你是个残废，也不能排除在外，来，领个情！”

身着紫色缎面四角裤的男子，面容粗犷，皮肤黝黑，嘴唇出奇的厚，四十岁上下，他再次发出邀约。

“我不会喝酒的啦……”

阿绿仍然是这样的回答。在别人眼里，他是个怪物。他身高看上去只有十一二岁左右，却有一张三十多岁男人才有的脸。他脑门十分平坦，脸型像一个倒放的洋葱，上面布满了蜘蛛爪子一般向四面八方伸展的皱纹。他眼睛大得夸张，鼻子圆得奇怪，笑起来的时候一张大嘴好像一直要咧到耳边。至于鼻孔下面那一抹淡黑的胡碴，就更显得不那么协调了。另外，他这一张脸，除了鲜红的嘴唇，周围一片青白色。

“阿绿，我给你斟酒，你也不赏脸喝一杯吗？”

说这话的是踩球美人阿花。她已经微醺的粉红色面孔上略带不怀好意的微笑。阿花艳名远播，谁人不知，我也知道她。

阿花的眼神看过来的时候，一寸法师阿绿有些慌张，脸上的表情有点儿奇怪。怪物的羞耻感？也许是吧！他扭扭捏捏犹豫了好一会儿，最后说出来的话，还是那句——

“我不会喝酒的啦……”

唯一不同的是，他虽然还是在微笑着，但说出来的话，声音小得出奇，仿佛有东西卡在喉咙里一样。

“别嘛！来……喝一杯！”

身着紫色缎面四角裤的男子快步走上前去，一下抓住了阿绿的手。

“被我抓住了，你还想逃脱？怎么可能？”

那男子一边说话，一边用力拉扯阿绿。

那小不点儿阿绿，虽然常扮演小丑，但是一点儿都不伶俐，像个大姑娘一样面带娇羞，死死地抱着身旁的柱子不肯撒手。

“别这样啊……”

然而男子并不住手，仍用力拉他，每拉他一下，阿绿用力抱着的柱子就会晃动一下，整个帐篷随之就像被大风打了一样跟着晃动，而那个巨大的乙炔吊灯也会像荡秋千似的摇摆个不停。

看着眼前这一情景，我忽然生出一种恐惧。一边是紫缎面男子的用力拉扯，一边是一寸法师紧紧抱着柱子不放手，两方都有一种不达目的誓不罢休的气势！我忽然感觉，这情景是不是在暗示着什么呢?

“阿花，别搭理他了，小不点儿……唱支歌听听吧……要带伴奏的那种！”

一个留着八字胡，说话却莫名带着一种娘娘腔的气质的男子，此刻正在阿花面前献殷勤。

新来的负责伴奏的大婶大概也是醉了，一副猥琐的面孔，笑着附和道：“对呀，唱支歌吧！热闹热闹，咱们今晚玩得再痛快一些……”

“好，我这就去拿乐器。”

一个同样只穿着贴身内衣的年轻杂技师站了起来，他跑过还在互相拉扯的一寸法师和穿着紫色缎面四角裤的男子的身旁，一直跑向用木头搭建的后台的二楼。

那个小胡子魔术师根本不想等乐器了，迫不及待地敲起了酒桶的边缘，并且唱起了小曲儿。旁边的三两个踩球姑娘嘻嘻哈哈地随声附和。

阿绿再一次成为大家“关注”的焦点。小胡子下流的曲调中一次又一次将一寸法师唱进了歌词。

渐渐地，现场原本还在说说笑笑聊着各自感兴趣的话题的人们，也都参与进来。独唱变成了合唱。三味线、鼓、钲、梆子等各种乐器也被年轻的杂技师带来了，很快加入了进来。

奇怪的交响乐震耳欲聋，几乎要将整个帐篷掀翻。每一句歌词末尾的停顿处，都夹杂着夸张的吼叫声和击掌声。现场的气氛越来越热烈，男男女女越来越疯狂。

即使在这样的热闹氛围中，阿绿和紫色缎面裤男子仍然在拉扯。忽然，阿绿离开圆木柱子笑哈哈地像一只猴子似的跑开了。这一次，一寸法师可有发挥的余地了，满场飞奔。紫色缎面裤男子哪还是对手！自己居然被这么个家伙捉弄了，他不由得有些恼羞成怒。

“可恶的家伙，你等着，等一下有你哭的！”

紫色缎面裤男子一边追赶一边大声咒骂。

“实在抱歉，实在抱歉。”

有着三十多岁的面孔，却也有着小学生一样灵巧的身体，一寸法师一边表示歉意，一边全力逃脱。他实在太害怕了，他害怕被对方抓住，更害怕被对方摁进酒桶中。

这混乱的场景怎么如此熟悉？是的，我想起了《卡门》中的杀人场景。也许是紫色缎面裤和一寸法师所穿的衣服的缘故，我仿佛看到追赶与被追赶的何塞与卡门，他们伴随着斗牛场传来的暴烈的音乐及呐喊声出现在我眼前。身着紫色缎面裤的男子，身着鲜红小丑服的一寸法师，在奇怪的震耳欲聋的交响乐的伴随下你追我赶。

“小畜生，我终于抓住你了！”

紫色缎面裤男子仿佛终于出了一口恶气！一寸法师则在他粗壮的手臂上瑟瑟发抖。

“都给我让开，快点！”

紫色缎面裤男子一边叫喊一边将一寸法师高高举过头顶朝酒桶走去。

众人忽然停止喧闹，静静地看向他俩。

现场只剩下一寸法师和紫色缎面裤男子粗重的喘息声。

眼看着，倒吊着的一寸法师的脑袋就要浸入酒桶里。一寸法师挥舞着双手，极力求饶。酒桶上方，酒的泡沫乱飞。

此外，一群男女，要么穿着肉色内衣，要么半裸上身，嘻嘻哈哈聚拢在一旁看热闹。并没有人过来制止这表面欢乐实则残忍的游戏。

一寸法师就那样被强灌了很多酒。然后，他被扔在角落里。他在地上蜷缩成一小团，像百日咳病人一样不停地咳嗽着，鼻孔、耳朵眼儿、嘴巴不停地在往外面流黄色的液体。

另一边，男男女女又开始大声喧哗，又开始唱起了刚才的小曲儿，与一寸法师的痛苦形成了鲜明的对比。

一寸法师咳嗽了一阵后，像死了一样躺在地上。阿花穿着贴身内衣，在他旁边疯狂起舞，她的双腿不时地从他的身体上跨过。

拍手声、呐喊声、乐器声交混成震耳欲聋的噪声飘荡在整个空间，男男女女好像全都不正常了，疯狂地嘶吼着。

阿花和着混乱的节奏，跳着拙劣的吉卜赛舞。

良久，一寸法师终于睁开了眼睛。他的脸犹如大猩猩的屁股一样红得让人恶心。他大口喘着粗气，上身不停抖动着，好像是要尽力站起来。

一个踩球姑娘像是跳累了，她丰满的臀部不停地晃动着来到了一寸法师的面前。也许是故意，也许是一不小心，那踩球姑娘一屁股坐在了一寸法师的脸上。

一寸法师一面痛苦地呻吟着，一面在那大屁股下面不停地挣扎着。阿花和着“嘿……嘿……”的节奏，模仿骑马的姿势，并且不停地一巴掌一巴掌地打在一寸法师的脸上。

见此场景，众人爆笑不停，喧嚣的掌声更是连绵不绝。

阿绿在巨大臀部的压迫下，呼吸都困难得很。半死不活的滋味大抵如此吧!

过了一会儿，一寸法师阿绿终于被放开了。他如释重负，坐起身来，依旧是一脸痴痴的憨笑。他还是那般平静，只是低声说道：“真是过分啊……”

“对了，咱们玩扔球游戏吧！好吗？”

忽然一个特别擅长单杠的年轻人大声说道。在场的众人也都知道“扔球游戏”是怎么回事。

“好啊，好啊……”有人附和道。

“别了吧？那样太残忍了……”那个有两撇八字胡的魔术

师好像看不下去了。现场也只有他一个人穿着比较正常，一身法兰绒西服，还装模作样地打了领带。

“都来啊！扔球喽，扔球喽！”那个年轻人并不理会魔术师的话，不可一世地朝一寸法师走去。

“来吧！阿绿，咱们开始吧！”

年轻人话音未落，一只手劈手就是一掌，直接落在阿绿的额头。阿绿冷不丁吃了这么一掌，直觉得天旋地转，身体也跟着打了几个旋，然后直接朝后倒去。

还没等阿绿倒下去，另一个青年伸手接住阿绿正在倒下去的身体，然后同样在他额头处重重一推！那可怜的残废像个陀螺一样旋了好几个圈，回到了刚才那个年轻人面前……就是这样，这诡异且残忍的抛接球游戏无聊地继续着。

现场的合唱不知道什么时候换了曲调，配乐声响彻天地。颠来倒去的一寸法师一脸平静的微笑，一如既往地扮演着好像天生属于他的角色。

“太无聊了！换点儿别的吧！咱们也比个高下……”

有人厌倦了这样的虐待游戏。

掌声和吼叫声应和着这个提议。

“那一定要使出自己的看家本领，懂吗？”紫色缎面裤男子怒吼道。

“阿绿先来！”

有人起哄，明明是要看阿绿的笑话。但是现场的掌声明显是在支持这个提议。

已经筋疲力尽，似乎已经没有力气站起来的阿绿，面对这样的提议非常无奈，但是他仍然是那样的一副表情。他那丑陋的面孔好像只会做微笑的表情，即使该哭的时候好像也只能如此。

“这样的话，我倒是有个好主意……”已经醉得不成样子的阿花，满脸通红，只见她站都站不稳了，仍然强站起来叫道，“小不点儿，你可以表演八字胡先生的拿手魔术啊，就那个……千刀斩美女，如何？开始吧！”

“呵呵呵……”一寸法师由于刚被灌了酒，眼神有些迷离，不过还是只会傻笑。

“小不点儿，我知道你一直对我有那个意思……只要是我的话，你都照做，对不对？我配合你表演怎么样？我躲在箱子里。”

“哎哟喂，一寸法师，你这个情痴！”讥讽的笑声和掌声一波又一波响起。

小不点儿和阿花表演斩首美女的魔术，这个提议真的是太妙了！大家兴奋不已。

大家连忙摇摇晃晃地摆道具。舞台正面和两侧的黑布都放下来了，地面也铺上了黑布，舞台中间摆放了一个如一口棺材大小的箱子及一张桌子。

“好戏开场喽……”

熟悉的前奏响起来了，阿花和一寸法师牵着手来到了舞台中央。阿花身穿紧身肉色衬衫，一寸法师还是一如既往的红色小丑服。

一寸法师还是一副傻笑的表情。

“开场白呢？快点开始吧！”有人在台下起哄。

“真是头疼……真是头疼……”一寸法师嘟嘟囔囔的，还是开始了。

“大家好，接下来要给大家呈现的是神奇惊险大魔术——大斩活人。这位美女进到这个箱子里以后，我将用十多把日本刀贯穿其身。当然，这样完全无法满足大家！我知道的！我还将砍下美女的头，放在这张桌子上。”

“好，精彩，继续吧！”

“简直可以以假乱真，他说的一模一样！”有人大声说道，也不知道是真实感受，还是刻意讽刺。

一寸法师虽然外表奇怪，但是毕竟也是行内人，口条不错，开场白讲得滴水不漏。或者这么说吧，他的开场白和八字胡魔术师讲得几乎一模一样。

接着，阿花深鞠一躬，然后便轻松地藏进了棺材一般的箱子里。一寸法师立马封上盖子，并用一把大锁将箱子锁了个严严实实。

地上放着一捆日本刀。一寸法师一把一把拾起来，并迅速插在地板上——表示都是真刀。

紧接着，精彩的部分来了，一寸法师将刀一把一把插入箱子上前后左右的小洞里。每插入一把刀，箱子里都会传来尖厉的惨叫声，直叫人心惊胆战。

“天哪，这家伙是想杀死我，是真的要杀我，快点救我啊！救命啊！”

“哈哈哈哈……”

“太精彩了……精彩！”

“演得太好了，简直跟真的一样！”观众们纷纷拍手叫好！

一、二、三、四……箱子上的刀在逐渐增加。

“这就是你的报应！让你小看我！”一寸法师的表演简直无懈可击，“让你尝尝我的厉害。让你瞧不起我！”

“啊啊啊啊啊……救命啊……”

插满了刀的箱子像一个活物一样在原地抖动。

欢声笑语中，观众们的掌声不绝于耳。

当第十四把刀子插进箱子的时候，箱子里的人已经没有力气惨叫了，变成了低低的呻吟声，好像真的在做垂死的挣扎。

又过了一小会儿，箱子里连呻吟声也没有了，箱子也不再抖动了，静静地待在原地。

一寸法师喘着粗气，站在地板上一动不动，只有肩膀在不停地抖动，两只眼睛瞪着箱子，满脸大汗，就像刚从水池里出来一样。

就在那一刹那，观众们也突然陷入沉默！很奇怪！一切喧嚣都没有了！现场只能听见男男女女醉酒后越发剧烈的呼吸声。

片刻之后，只见阿绿拿起一把大刀，狠狠在地上戳了一下。那把大刀刀身宽阔，刀刃参差不齐，却极其锋利。

阿绿打开大锁，打开箱子，用力将刀刺进箱子里，就像是真的在锯人头，箱子也在“嘎吱嘎吱”响。

很快，阿绿做了一系列好像已经将人头割下来的动作。他先是将大刀扔在一边，又从箱子里拿出一样东西藏在袖子里。然后他慢慢走到桌子旁边，将那个东西“咕咚”一声放在了桌子上。

那是阿花的头颅，嘴角还在流血，太逼真了，简直跟真的一模一样。

我一时间感觉后背直发冷，太恐怖了。实际上，这个魔术并不算什么高明的魔术。因为我知道那桌底贴着两片镜子，呈直角背面藏着穿过地底密道前来的阿花的躯体。但是，我既然知道魔术的门道，为什么我还是感觉那么恐怖呢？

难道仅仅是因为表演者不同而已？原来的表演者确实十分温和，而眼前的表演者却出奇的丑陋。

黑黝黝的幕布前面，站着穿着鲜红小丑服的一寸法师，他呈“大”字形站着一动不动，他的脚下不远处就是那把还带着血痕的大宽刀。

他还是那样，表情温和，只知道咧嘴傻笑。

但是那隐约可闻的声音是什么？那不就是一寸法师那裸露在外面的牙齿在上下打战的声音吗？

男男女女组成的观众群仍然毫无声息，就好像亲眼看见了一场恐怖的杀人惨剧一般。

唯有紫色缎面裤男子再也忍受不了这安静了，只见他突然站起身，大步朝桌子走去。

“哈哈哈哈……”突然响起女人的声音——那分明是阿花的声音，“小不点儿表演得不错！哈哈！”阿花那苍白的头颅在桌子上大声说话，并且不时地大笑着。

这时，一寸法师突然用袖子捂住自己的脸，迈开大步走向后台，舞台上只剩下了带有机关的桌子和箱子。

一寸法师的表演实在太精彩了！现场的人们无不吃惊！就

连真正的魔术师都不得不承认这一点。

现场的安静气氛没有继续持续下去。随着一声——“把他抛起来吧！”人们簇拥着跑向后台！

“是啊，把他抛起来！把他抛起来！”

忽然，这些喝得醉醺醺的家伙中有一个人一不小心摔倒在地，然后一整队人像多米诺骨牌一样摔成了一个人堆！于是，陆陆续续有人站起来，继续往后台跑。现场只剩下一些睡得如死鱼一般的人，倒在酒桶旁。

“阿绿，小不点儿，在哪儿？”

“不用再躲了，快出来吧！小不点儿……”

“阿花姐！”

人们叫喊着，寻找着。

但是，没有回应。

有一种恐惧在我心里油然而生。刚才那声音的确是阿花的声音吗？那个丑八怪会不会趁机关掉机关里的逃生通道，从而真正把阿花杀死？那刚才阿花的声音……难道这个怪物学会了说腹语？难道那声音……

我忽然感觉有点儿不对劲，一回头，看到帐篷里烟雾缭绕，那肯定不是杂技师临时制造的烟雾！我于是一惊，随后赶紧回到观众席的角落里。

果然，着火了，大火用力吞噬着帐篷。整个帐篷已经被大火给包围了。

我费尽九牛二虎之力，终于从燃烧的帆布下面逃脱，逃到了空旷的荒原上。外面，皎洁的月光洒遍了每一个角落。

我跑向附近的民居。

我这时回头看时，帐篷已有三分之二被烧光了。

“哈哈哈哈……”

我仿佛听见醉得忘乎所以的杂技师在火焰中狂笑，有什么好笑的呢？

对了，那又是什么？我看到帐篷旁边的一个土堆上，有个像孩子一样的人正在背对着月亮跳舞。他的五短身材看上去就像一只灯笼，手里面好像还拿着一个类似西瓜的圆圆的东西。他在快乐地舞蹈。

我心里一阵恐慌，我只能待在原地，远远地看着那个奇怪的身影手舞足蹈。

我看着他不停地将那浑圆的东西放到嘴边，仿佛咬了下去，然后又放开……再咬下去，再放开……如此反复！

月光如水，小土堆上那怪异的人影在月光下虽然黝黑黝黑的，但清晰可见。就连他手里那圆圆的东西以及他嘴边不断滴落的黑色黏稠状液体，我也能看得清清楚楚。